自分の口腔内を蠢く、自分ではない熱量に、されるがままになっている。（な、なにされてる……俺……？）（本文より）

BBN
B•BOY NOVELS

お見合い結婚

~Mr.シークレットフロア~

あさぎり夕

イラスト/剣解

この物語はフィクションであり、実際の人物・団体・事件等とは、いっさい関係ありません。

CONTENTS

登場人物紹介

レオンハルト・フォン・シュヴァルツマイヤー

32歳。呼び名はレオ。祖父母の代にウォルフヴァルト大公国から移住し、生まれも育ちも日本。大企業の御曹司。

宇奈月真広《うなづき まひろ》

20歳の大学生。明るい性格でビジュアルも良いので、人生の半分をモテ期で過ごしてきた。双子の妹・真白がいる。

八神 響《やがみ きょう》

超売れっ子小説家。大ヒット作を次々に発表し続けている。気難しく傲慢で、自分の気に入らない編集者とは絶対に仕事をしない。

相葉卓斗《あいば たくと》

コスモ書房の新人編集者。ルックスが良いというだけで八神の担当に抜擢された。屈託なく、明るく健気な性格。

お見合い結婚

～Mr.シークレットフロア～

1

都心に点在するオアシスのひとつ、緑豊かな坂の上に、ラグジュアリーホテル『グランドオーシャンシップ東京』は、超高層ビル群を悠然と見下ろすように建っていた。

外は連日の猛暑とはいえ、涼を求めるためだけに、おいそれと足を踏み入れられる場所ではない。いまとなっては懐かしささえ感じるバブリーな時代の面影を残す、『都会《アーバン》のリゾート』の謳《うた》い文句にふさわしく、セレブな客層でにぎわうラウンジは、黄昏《たそがれ》時の柔らかな陽光に包まれて、七月とは思えない快適さを提供している。

（バブルって、前世紀のことだよな）

宇奈月真広《うなづきまひろ》は、細いハイヒールをカツンと鳴らして、ラウンジの入り口に立つ。

銀糸の刺繡《ししゅう》をあしらった純白のチャイナドレスには、太腿まで見える大胆なスリットが入っている。レースの手袋に、編み上げのストッキング、どこか水商売の女を思わせるスタイルで決めているが、上品な屈託のなさと当人が吹聴するほどに整った面立ちのおかげで、印象はすこぶるいい。

すかさず案内に出てきたラウンジ担当のボーイに、にっこりと笑いかける。

「すみません。谷口《たにぐち》の名で予約が入っているはずなんですが」

だが、発せられる声は、どれだけぶりっこしてみても、男のそれに間違いない。ピンヒールで底上げされているぶん、見かけの身長も一八〇センチを優に超える。

完璧なホテルマンであるはずのボーイが、いま聞こえたのはなに？　と目を瞠《みは》る。

もっとも、それも一瞬のこと、セレブ御用達《ごようたし》の名は伊達《だて》ではない。すぐに落ち着きを取り戻し、さきに立って歩き出す。

「谷口さままですね。どうぞ、こちらへ。お連れ様がお待ちです」

水色の制服の背について奥へと進めば、周囲に密やかなざわめきが広がっていく。

大安吉日とあって、結婚式帰りだろうドレスアップした女性の一団や、子連れ客の姿もちらほらと見受けられる。

「あー、ほら、お母さん、炎天使《えんてんし》フレアがいるよ」

どこからか聞こえてくる子供の驚きの声に、真広はビンゴと心で返す。

まさにそのとおり。今日の真広の装いは、披露宴用のおめかしでもなければ、水商売系の勝負服でもない。『グレート・アヴァロン・レジェンドⅢ』というオンラインゲームに登場するキャラクター、炎天使フレアの扮装なのだから。

いわゆるコスプレというやつである。

（やー、注がれる視線が痛い痛い）

あっちでひそひそ、こっちでこそこそ、囁きあう声とともに向けられる好奇心丸出しの視線がけっこう癖になるのだと、奇妙な趣味に目覚めてしまったことを、喜んでいいのか悪いのか。

二十歳までの人生の大半をモテ期ですごしてきた真広は、デート三昧《ざんまい》の毎日を送ってきたから、ゲームに熱中するひまもなく、コスプレ趣味はもとより、女装癖など皆無《かいむ》だった。

このコスチュームは、自他共に認めるゲームオタクで、幼馴染みでもある男、佐竹節《さたけせつ》のなんと手作りなのだ。繊細な銀糸の刺繍まですべてがお手製という、優れもの。

マシンを友とするゲームオタクの常で、引きこもりがちだった節の、記念すべきイベント初参加が二年前。一人じゃ行けない、と渋る節につきあって、用意された衣装を着てついていったのが、真広のコスプレデビューとなる。それはもう受けに受けた。

真広の自慢の美貌と、ガタイだけはいい節が並べば、抜群の存在感。

写メ攻勢にあって、これはちょっと快感かも、と味をしめて以来、節に誘われるままに様々なキャラに扮《ふん》してきたが、今日ほど完璧な女装は初めてだ。

当然ながら、注がれる視線に含まれる、好奇も嫉妬《しっと》も驚愕もはんぱではない。

(うわー。やべーこれ、ちょっとハマるわ)

内心の浮かれ気分など、超特大のサービススマイルを浮かべた顔には、微塵《みじん》も表さない。

その程度の芸当は、容姿に関する褒め言葉を当然のごとくに受けながら二十年も生きていれば、自然と身につくものだ。

労は惜しまず、リキを入れすぎず、あくまで余裕たっぷりに、艶《あで》やかに。

（けど、外野の視線に喜んでる場合じゃないっての。目的遂行が第一！　そのための戦う炎天使フレアなんだから）

気持ちを引き締め、ボーイのあとを追って、窓際の席へと向かう。

視線のさきの席に、陽光を浴びた、男のシルエットが見える。

だが、シルエットならば、髪だけ金色に見えるのはなぜだろう。

右側を自然に撫で上げ、左側を垂らしている前髪のせいで、顔は定かにはわからないが、確かに見間違いようのない、プラチナブロンド。

（え？　ちょっと、あれって……？）

まだ夏まっ盛りでもないのに、今日も外気温は三〇度を下らない。なのに、あちらです、とボーイが指し示した男は、影に見えるほど全身黒ずくめだったのだ。

それも結婚式用のタキシードとかではない。歴史物のドラマで目にするような、立ち襟の刺繍も見事な軍服姿なのだ。

まるで、周囲の光を浴びて輝いているような、その偉容《いよう》。

（なに、この既視感《きしかん》……？）

こんなことがあるだろうか。長い脚をもてあますように組んださまも、光を反射して淡く輝く髪も、なによりその身を包む漆黒の軍服は、まさに『グレート・アヴァロン・レジェンドⅢ』に登場する、最強の悪役キャラそのものだ。

炎天使フレアの宿敵であり、その実、許されぬ恋の相手である、暗黒帝《あんこくてい》アーベント——レベル七十、ヒットポイント二百万、オンラインゲームの中でも最強と言われるラスボスキャラ。

(か、完璧すぎる。このコスプレは……)

これでマントでも閃《ひらめ》かせていたら、イベント会場でも衆目《しゅうもく》の的になること必定《ひつじょう》。

(なんで……？　なんで見合い相手が、暗黒帝アーベントなんだよ……)

そう。真広が、慣れぬ装いでこの場に足を運んだのは、なにもコスプレを披露するためではない。見合いのためなのだ。

むろん、いくらオネエ言葉のニューハーフがテレビで活躍する時代になろうとも、男同士の見合い話など、常識的にあるはずがない。

本来この場にいるのは、真広ではなく、双子の妹である真白《ましろ》のはずだった。

男女の二卵性双生児なのに、幼いころから、父親でさえ見間違えるほど、そっくりだった。

ともに生を受けた、片翼。

鏡に映った、もう一人の自分。

十年前に母親を亡くしたときも、二人で支えあって悲しみを乗り越えた。

世界中でいちばん大事な、いちばん愛する妹。

いまはさすがに身長差がついてしまったし、真白もなにやら色気づいてきて、ヘアスタイルやファッションの流行にも敏感になった。

おかげで見間違えられることはなくなったが、それでも二人並んで街中を歩けば、否応《いやおう》なしに人目を引く。

いつまでもそうやって、二人いっしょにいられるものだと思っていたのに。

突然……本当に突然、飛び込んできた、得体の知れない見合い話。

あれは、一週間ほど前のこと――……。

*

その日、長く取引のあった銀行の支店長が、本社に栄転だとかで、わざわざ挨拶《あいさつ》のために宇奈月の家に足を運んできた。

「ちょっといいかな。谷口さんが二人に話があると言うんだが……」

父親の和彦《かずひこ》が、妙に神妙な顔をして、真広と真白をその場に呼んだ。

だいたいにおいて、仕事命の父親が、わざわざ話があるからと子供達を呼びつけるようなときには、いい話だったことがない。

その上、谷口は、父親が経営する『ヤヒロ紡績《ぼうせき》株式会社』の担当で、真広達には直接関係のない男だ。これはなにかあるなと思ったら、あんのじょうだった。

「真広くんと真白さんは、今年成人式を迎えられたとか。いや、おめでとう。大人の仲間入りだね。ところで、めでたいついでに……」

いそいそと谷口がバッグから取り出したのは、見合い写真だった。

「実にいい縁談なんだよ。ウォルフヴァルト大公国という中欧の小国の方でね——なんでも世界で五番目に小さい国だとか。もとは東ドイツの一州だったんですが、ベルリンの壁崩壊後に独立したとか。ああ、心配はご無用。金髪の外タレって風貌だけど、生まれも育ちも日本なんだよ。祖父母の代に日本に渡ってきて三代目——だから、外見はともかく、チャキチャキの江戸っ子とさてる。永住権を持っているから、金髪の日本人と思えばいいんだよ」

自慢げに写真を見せながら、谷口は実によくしゃべった。

どうやら、仲人《なこうど》が趣味という傍《はた》迷惑なタイプのようで、数十組の結婚を実現させたのが自慢とかで。周囲があらかた片づいてしまい、新たな獲物を物色していたところに、資金繰りに困った父親が、飛んで火に入るなんとやらとばかりに、新規の融資を願い出てきたわけで。

「三十二歳、男が結婚するにはいい歳なのに、実に好みにうるさい方でね。いままで紹介した十三人は、すべて玉砕《ぎょくさい》。女性のほうは乗り気になるんだけど、レオンハルトさんのほうが……ああ、なんというか、ドイツ系の名前は発音しづらいもんだね」

確かに、見合い写真にはありがちな修正が加えられていたとしても、これはかなりランク上位の男だと、いきなりめらりと闘争心が湧き上がるほどに、いい男ではあった。

「好青年だろう。それになんといっても大企業の御曹司《おんぞうし》だし。『ヤヒロ紡績』さんにもプラスになる縁談だと思いますよ」

普段は百万の融資を渋る男が、始終にこにこ顔で、誰に口を挟む余裕も与えず、とにかく一人でしゃべりまくって帰っていった。なるほどあの押しの強さで、数十組の縁談を成立させてきたのかと、感心するやら呆《あき》れるやら。

「どうだろう、真白？　あまり堅く考えずに、ちょっとお顔を拝見するくらいの感じで、会ってみてもいいんじゃないか」

それにもまして、見合い写真を前に、悄然《しょうぜん》と肩を落とした父親の、情けなさすぎる懇願の呟きが腹立たしい。

日本が明治維新という新たな夜明けを迎えたころ、これからは洋装の時代だと、先見の明《めい》を持っていた高祖父は、小さな紡績工場を興《おこ》した。それが『ヤヒロ紡績株式会社』の前身だった。

父親は四代目、高度成長期をへてバブルに踊った八十年代と、なにもせずとも儲《もう》かった時代を経験したあげく、幻でしかなかった泡が弾けたあとは、推《お》して知るべしだ。

時代は変わっているのに、頑固一徹《いってつ》の父親は、頭が少々でなく古すぎる。

ただでさえ、紡績工場で汗して働いているというイメージは、あまりに昭和――いや、女工哀史《じょこうあいし》を思い出させて、明治までさかのぼろうというものだ。

ネットの口コミがブームを作るこのご時世に、宣伝とか情報とかに振り回されることなく、真面目にいい製品を作っていくのが、職人の、ひいては日本の中小企業の生き残りの道だ、などと前世紀の遺物のような正論を振りかざしているから、じり貧になっていくばかり。

それでも、起死回生を狙って挑んだ中東向けの事業が奇跡的に軌道に乗り、さらなる商品開発のための資金繰りに、父親が東奔西走《とうほんせいそう》していることも、真広は知っている。

真白だってそう。これといった贅沢《ぜいたく》もせず、保育科のある大学に進学し、小遣いはアルバイトでまかないながら、将来の夢に向かって地道に歩んでいるのだ。

子供が好きだから、きっといい保育士になるだろう。

だが、父親の頭には会社のことしかないから、娘の夢すら知らない。

藁《わら》にもすがるような気持ちで、娘の見合いに会社の存続を懸《か》ける姿は、あまりに情けなさすぎて、怒りばかりがつのる。

——その夜、上弦の月が昇るころ。

真広は真白をともなって、幼馴染みの佐竹節の部屋に押しかけて、作戦会議を開いたのだ。

もちろん議題は、いかに見合い相手のほうから、この話はなかったことにしてほしい、と断りを入れさせるかについてだった。

「なるほどね。レオンハルト・フォン・シュヴァルツマイヤーか、なんかラスボス系の名前だな。Schwarze《シュヴァルツ》が黒……むしろ暗黒のイメージかな。Meier《マイヤー》は家令とか管理人って意味だから、直訳すると『暗闇の管理人』って感じだな」

「なんか、ちょっと不気味系の苗字なんだな」

「うーん、ドイツ系だと、針葉樹の森を黒い森にたとえるから、祖先が守《も》り番だったとか」

ゲームオタクの節は、こんなときでもパソコンに向かって蘊蓄《うんちく》を垂れながら、怒り心頭《しんとう》に発した真広に、視線だけを流してくる。

「で、どうするんだ、真白？　会うくらいならかまわないって思ってるんだろう？」

「うん。だって、谷口さんの機嫌を損ねると、お父さん、困るじゃない。栄転ってことは、いまよりずっと頼りにできるようになるんだから」

自分のことなのに、真白はたいして気にしたふうもない。

手持ちぶさたを紛らわすように、節のパソコンデスクに頰杖をついて、画面上で繰り広げられるバトルを見るともなく見ている。

この妹は、兄の贔屓目《ひいきめ》抜きにしても、実に優しくて、素直で、愛らしいのだ。

自分と同じ顔の妹を褒めちぎりすぎるのも、たいがいナルシスティックだと思いつつも、真広は堂々シスコンの名をいただいている。

「だからー、そうやって、おまえが了解しちゃうのを、計算して言ってんじゃねーか、谷口さんも親父も。なにかっちゃー、会社、会社って。クソ親父のあの仕事優先の考えが、まず気にいらねーんだ、俺は」

「でも、お父さん……お母さんが亡くなって以来、仕事に夢中になることで、なんとか頑張ってこれたんだから」

「うん、ま、それは……わかってるけどさ」

母親が心筋梗塞《しんきんこうそく》で急逝《きゅうせい》したのは、十年前。

まだまだ母親の手が恋しい小学生だったが、真広には真白がいた。もっとも深い血の繋がりを持つ存在がそばにいたから、二人で悲しみを分かちあえた。

だが、父親は一人で耐えるしかなかったのだ。仕事に没頭することで、失意の淵《ふち》から這い上がろうとしていた気持ちも、わからないではない。

「けど、もう十年になるんだぞ。そのあいだ、俺と真白を食わせてくれたのは、佐竹のおばさんだぜ。でもって、保護者参観に来てくれたのも、高校の受験会場に送ってくれたのも、おじさんだったんだぜ」

こうして夜も更けようというのに、節の部屋にいるのも、母親が亡くなって以来、子供達だけのときには、食事はお隣さんでが慣例になってしまったからだ。

まったく、父親の責任放棄の典型ではないか。

「父親らしいこと、なぁーんもしてないくせに、いまさら会社のために見合いしてくれなんて、よく言えるよ」

もういいかげん、妻の死を理由に、自分の世界に引きこもるのはやめてほしい。

どれほど大事な会社だろうと、ただでさえ長引く不況の中、真広はすでに跡継ぎの座は放棄すると明言してしまっている。

「だいたいさ、見合いなんかしなくたって、真白に言い寄ってくるヤツは、腐るほどいるんだぜ。放っておいたって、勝手にキャンパスのマドンナあつかいしてくれるんだから」

そのわりに、この歳まで、真白には恋人の一人もいなかった。

よけいな虫がつかないようにと、真広がしっかりガードしてきたせいもあるが、ほわほわと夢見がちなタイプに見えながら、実は真白はけっこうしっかり者なのだ。

恋よりも夢を追うタイプで、男を平気でパシリに使うイマドキの女達の中で、マイペースに自分の道を行く姿勢にも好感が持てると、ファンは増えていくばかりだ。

「けど、仲人がいっしょとかいう仰々《ぎょうぎょう》しいお見合いじゃなくて、ちょっと会ってお茶しませんか、みたいなもんだってゆってたし」

「それ、いきなり二人でってことか？」

お茶しませんか、の誘い文句に驚いたのか、キーを打っていた節の手がようやく止まる。

「だろ、だろ、許せんだろう！　デート感覚の気楽な出会い程度なら、真白も断りづらいって考えたんだよ。これが保護者同伴の正式なやつとなったら、受けないのはわかってるから」

「デートか……」

節の呟きに、真白は、うん、とうなずく。

「谷口さんのお勧めは、『グランドオーシャンシップ東京』のラウンジなんだって。アフタヌーンティーが美味しいって、聞いたことあるし。三段プレートの本格的なので、ケーキがすっごく可愛いんだよ」

「ほらなー。もう策略に引っかかってる」

女の子をケーキで釣るというあたりが、実に姑息《こそく》で陳腐《ちんぷ》で、苦々しくなる。

「だから、ここはガツンと言ってやらなきゃならないんだよ——ってことで、真白、お茶くらいならしてもいいです、って親父に了承しろ」

「言ってること、メチャクチャじゃねえか？」

節がどういう論法だよと、声をあげる。

「そして、見合い当日には俺が行く」

「はぁー!?」

真白もこれには、きょとんと目を丸くする。

「向こうだって、見合い写真でしか知らないんだろう。それなら、顔だけはそっくりなんだから、俺が身代わりに行って、『残念でした、見合い相手は男でした』ってやれば、真白ちゃんってば超可愛いとか思ってのこのこやってきた男だって、一気にどん引くって」

なんて完璧な計画と、真広は節のベッドにごろりと横になりながら、悦《えつ》に入る。

「それさ、相手の人がかわいそうすぎない。私が行って、断ればいいだけのことだし」

「あーダメダメ、そんなはんぱなことじゃ。今回断ったって、親父は次から次へと見合いを持ち込んでくるぞ」

「うーん、それは困るかも」

「だからー、ここは少々親父に恥かかせてやるんだよ。さすがに、見合いの場に俺が行ったとなれば、親父だって二度とバカな考えはおこさないから」

幼いころは、ときどき入れ替わって、親や友人をからかったものだ。

さすがに二十歳にもなれば、色々と男女差は出てくるものの、真広と真白はいまもって顔だけなら瓜《うり》二つ。代わりを演じることなど、造作もない。

「ああ、だったら、いいもんがある」

呆れたように言いつつも、節は真広が腰掛けているベッドの下を探る。引っ張り出したのは、お手製のコスチューム。以前、真広に似合うからと作ってくれたものだ。

「これ、着てけ」

「それって、コスプレ用の……?」

「そう。真広が女装だけは勘弁って言うから、無駄になったけど、いまこそこれの出番だろ。超美人なのに、相手がどん引くカッコウったら、これしかない」

「なるほど。節、それいい。さすがゲーム脳、考えることが違う!」

言うなり節の手からドレスを引ったくり、自分の身体に当ててみる。

「あ、いい感じ。真広って白が似合うよね」

真白は無邪気に手を叩いて、喜んでいる。

「そうか、似合うか？　やー、俺もまんざらでもないかなーって」

同じ顔をしているくせに、互いを褒めあう双子を見ながら、節は一人ため息をつく。

「なんか、ノリノリだな。女装だけは絶対にヤだ、とか言ってたくせに」

「いや、マジでこれいいって。なんか俺、めらめらやる気が湧いてきた。絶対に相手を落とせる自信がある！」

「だからー、この場合、自信持っちゃダメだろ。相手から断らせるのが目的なんだから」

「わかってるって。まあ、一言しゃべれば、いやでも引くって」

二十歳になったばかりの可愛い可愛い妹を、フォン何某《なにがし》なる偉そうな名前で、伯爵家の跡継ぎという偉そうなご身分で、東証《とうしょう》一部上場企業『株式会社ダンケルコンサルティング』の重役という本当に偉い立場のくせに——その実、日本生まれの日本育ち、チャキチャキの江戸っ子だという珍妙な出自《しゅつじ》の男になど、むざむざ渡してたまるか。

などと、実にお軽い気分で、それでも、守れ真白！　の使命だけはしっかり胸に抱き、本気なのか冗談なのかわからない、身代わり見合い計画は決まったのだ。

＊

「暗黒帝、アーベント……？」

思わずこぼれた真広の呟きを拾って、見合い相手であるはずの男が、おや？　とばかりに顎《あご》を上げた。自然と視線が合う。

吸い寄せられるような、瞳の色。青灰色……いや、銀灰色とでもいうのだろうか、アクアマリンの原石に、月の銀光を魔法の粉にして振りかけたような、そんな色。

空調のわずかな風にさえ揺れる軽やかなプラチナブロンドは、ブリーチしたものではない自然な光沢《こうたく》を放っている。

遙か昔、ヨーロッパ大陸を移動してドイツの地に至った、ゲルマン人の子孫であると、明確に物語っている、完璧な容貌。

（見合い写真だけで相手を選んで、鼻の下伸ばしてやってきたことを後悔させてやるはず、だったのに……）

長いつきあいの幼馴染みだけあって、節お手製の絹地のチャイナドレスも、シャギーのかかったショートヘアを彩《いろど》る七宝《しっぽう》の髪飾りも、真広の美点を最大限に引き出している。

真白が施してくれた化粧の、ローズピンクの口紅の鮮やかな色も、ファンデーションの甘い匂いも、なにもかもが男心を揺さぶらずにはおかない、なやましさ。

とはいえ、どれほど自慢の容姿であろうとも、口から飛び出す声は男のそれでしかないし、スレンダーではあるが身長は高すぎるし、胸には詰め物なんて無粋《ぶすい》なものは入れていないしで、女ではないことは一目瞭然《いちもくりょうぜん》。

見合い相手の伯爵様とやらも、とんでもない間違いに気づいてどん引くはずと、ここまで来る道すがら、周囲の反応を観察しながらじゅうぶんに確信した。

履き慣れないヒールのおかげで靴擦れはするし、男どもの視線は優越感に浸れる反面、気色悪さもともなっていたから、レースの手袋の下はしっかりチキン肌状態だけど、それでも結果を確信していたからこそ、いまのいままで余裕でいられたのだ。

オーホホホと心で勝利の高笑いさえしながら。

だが、完璧なコスプレで一発逆転お見合い破談を狙ったのに、まさか、こっちが仰天《ぎょうてん》させられるとは思ってもいなかった。

「ほらー、本当に炎天使フレアと暗黒帝アーベントがいるんだってば」

さっきから必死に主張しては、静かにしなさい、と周囲から叱られている子供は、ゲーム大好きっ子なのだろう。

オタク向けオンラインゲームのキャラでよかった、と真広はつくづく思っていた。これが、誰もが簡単に目にすることができるアニメや実写戦隊物だったら、それこそ騒ぎはこの程度ではすまなかったはず。

「さて、アーベントというのは、誰のことでしょう？　どうやら私に似ているようだが」

真広に向かって問いかけながら、件《くだん》の男が立ち上がる。眩《まぶ》しすぎる初夏の光を遮るように、影のような存在が眼前を覆う。

「えーと、オンラインゲームの……『グレート・アヴァロン・レジェンドⅢ』っていうゲームのラスボスなんです」

「なるほど。それでAbent《アーベント》……『夜』か。だが、アヴァロンならば舞台は英国のはず。ドイツ系の名のキャラが悪役とは。イギリス人とドイツ人の仲の悪さを皮肉っているのかな」

完璧なゲルマン系の顔が、その面立ちにふさわしい低音で、あまりにふさわしからぬ流暢《りゅうちょう》な日本語を紡ぐ。その身を飾る衣装もまた、白い肌によく似合う。

立ち襟の金刺繍とトラウザーズの金糸の二本線がしっかりと光る重厚な質感の衣装となれば、コスプレなどであるはずがない。そこは真広も、曾祖父の代から紡績を生業としていた家に育ったのだから、布地の良《よ》し悪《あ》しだけは一目でわかる。

まさにこれは、職人芸の極致なる軍服。

（いや……知らんけどね。ウォルフなんちゃらって国では、普段着なのかもしれないけど）

目の前の男は、くす、と小さく笑いながら啞然《あぜん》と立ちつくす真広の手をとった。

「お初にお目にかかります。レオンハルト・フォン・シュヴァルツマイヤーです」

自己紹介のあいだも、摩訶《まか》不思議な色の瞳は、瞬きもせず真広を見つめている。

どこか人ではない生きもののような気がして、なにやら胸がそわそわする。

「私の顔に、なにか？」

「あっ？　し、失礼しました。あの……あなたが、谷口さんのご紹介の？」

「はい。谷口氏は、今度こそ私を納得させてみせると豪語なさっていたが、その理由がわかりました。きみは……」

慌てて真広は、自ら名前を口にする。

「宇奈月真広です。『真』に『広い』と書いて、真広です！」

ふと、真広を見つめる男の鋭い眉が、何事かを考えるように寄せられた。見合い相手が男だったことを訝《いぶか》しんでいるのか、それとも名前が微妙に違うことに気づいたのか。

自分から正直に本名を告げた以上、だましたことにはならないはず——などという勝手な理屈が通るものだろうか、との焦《あせ》りを真広は必死の笑顔で誤魔化《ごまか》す。

だが、男の微笑みは、さらに優しげで。

「真広さんとお呼びしてかまいませんか？」

問いかけは、どこまでも紳士的だ。

「あ、はい……」

「では、私のことは、できれば暗黒帝などという珍妙な称号のついた名ではなく、レオとお呼びください」

さざめく陽光の中、こうなるともうお笑いでしかないコスプレ姿の真広の手をやんわりと握ったまま、周囲の視線をものともせず、シュヴァルツマイヤー伯爵ことレオンハルトは、それはそれは優雅に礼をとったのだ。

「ところで、炎天使フレアとは、あなたのふたつ名ではありませんよね。それもまたゲームのキャラの名前ですか？」

「はあ……。暗黒帝アーベントの敵で、同時に恋人というか」

「ああ、なるほど。ロミオとジュリエットのような関係ですか」

どこまでも穏やかに微笑みながら、伯爵様は余裕で周囲に視線を流す。

「お話ししたいところですが……炎天使フレアと暗黒帝アーベントとやらの見合いでは、さすがに悪目立ちしすぎているようです。場所を変えましょう。上に部屋をとりますから」

言って、伯爵様はその名に恥じない振る舞いで、誰もがすでに男だと気づいている真広に向かって、自然に腕を貸してくる。

さすがにそこまで女あつかいされると思っていなかった真広は、それでもにこやかに手を絡めようとして——だが、やはり内心の驚愕は隠しようもなく、ついでに靴擦れの痛みも手伝って、踏みだした一歩を毛足の長い絨毯《じゅうたん》にとられた。

あわや、炎天使フレア、スッテンコロリンの危機を、すかさず伸びてきた暗黒帝アーベントが悠然と支える。その上、勢いあまって落ちかけた髪飾りを、すくいとる余裕までみせて。

「わぁっ！　炎天使フレアと暗黒帝アーベント、なかがいいんだぁ！」

ざわっと周囲から漏れる、驚愕と好奇が混じりあったような吐息の中、響く子供の歓声に、どうやら夢を壊さずにすんだらしいと、真広は胸を撫でおろす。

「光栄です。そちらから、私の胸に飛び込んできてくれるとは」

どんな思考回路の持ち主かは知らないが、黄昏時の陽光の溢《あふ》れるラウンジで、ここまで泰然《たいぜん》と真広のクソ芝居につきあってくれる男に、少々の敬意を感じなくはないが。

だが、男として、それ以上に、なにやら悔しいような気持ちが湧き上がってくる。

そのまま真広の手をとったレオンハルトは、ラウンジを抜けて、フロントでチェックインして、エレベーターに向かうまでのあいだ、完璧な紳士の態度でエスコートをしてくれた。

そうして、誰がどう見ても異様としか思えぬ『炎天使フレアと暗黒帝アーベント・腕を組んで行幸《ぎょうこう》の図』は、真広の女装っぷりなどものともせず、通りすぎるすべての人々の関心をレオンハルトの美貌が引きつけるという、羨望《せんぼう》と嫉妬の視線の中で続いたのだ。

(ま、負けた……)

宇奈月真広、二十歳。ルックスで同性に負けたと認めたのは初めてだった。

2

「なにここ……ホントに日本？」

中世ゴシック様式にロココの優雅さを融合させたような——まるでお伽噺《とぎばなし》のお城のような設《しつら》えの部屋に通され、真広は目を丸くした。

「ご存じないんですか？『グランドオーシャンシップ東京』が誇る、VIP専用シークレットフロアを。ここはウォルフヴァルトの大公家が、来日のさいに宿泊している部屋なので、特別に予約なしでもとれたんです」

「つーことは、たとえ空いてても、予約なしじゃ泊まれないってこと？」

「それは当然。セキュリティの問題がありますから。身元確認ができない者は、近づくことさえできない場所です」

そういえば、ずいぶん長い廊下を歩かされた。フロア直通のエレベーターホールの前には、厳《いか》めしい顔つきの警備員が、仁王立ちで見張っていた。

そんな中でも、レオンハルトは表情ひとつ変えず、真広に腕を貸し続けていたのだ。

決して女あつかいしたわけではなく、真広の靴擦れに気がついて、慣れないヒールが危なっかしいからとの、純粋な親切心からだったのだろう。

おかげで、好奇の視線を浴びまくってしまったが、かなり足の痛みがひどくなっていたから、実際ありがたかった。

「それにしても……VIP専用かぁ。バブリーすぎて、なんか実感が湧かないわ」

真広はぐるりと視線をめぐらせて、吐息交じりに吐き出した。

コメディテイストのハリウッド映画あたりなら通用するネタかもしれないが、不況の風が吹きすさぶ日本では、いくらセレブ御用達といえど、あまりに浮きすぎている。真広は世代的にも、バブル時代にはかけらも引っかかっていないから、よけいにピンとこない。

とはいえ、基本、珍しもの好きの真広である。

アンティークな家具や調度品の数々もさることながら、四十階建てタワーホテルの上層部のフロアとあって、都心を一望できる眺めは最高。ついつい目的も失念し、邪魔なだけのハイヒールを放り出して子供のように心を躍らせる。

「なんか、ベルサイユ宮殿とかって感じ？」

ベルサイユ宮殿を見たことがあるわけではないが、西洋の城というと、その程度しか思い浮かばないのだ、真広は。

「いや、むしろノイシュバンシュタイン城ですが。そんなにお気に召したのなら、泊まっていきますか？」

「は？」

「それとも、深窓《しんそう》のご令嬢は、親御さんの許可なく男の部屋には泊まれませんか。きわどいスリットのわりに、身持ちの堅いタイプですか？」

「いんや。身持ちはゆるゆるだけど。コンパ行って、お持ち帰りして、ベッドで試して、相性が悪かったら、またね、で別れるくらい、後腐れない関係をエンジョイしてるし」

「それなら……」

「だけど、それは相手が女にかぎる！」

優しげな声音や態度にごまかされてなるものかと、相手の言葉を遮って、真広はきっぱりと言い放つ。

「だが、きみだって見合い相手が男と知って、ここまで足を運んだ以上、少しは興味があったんだろう？　男同士のあれこれに」

「ないっ！」

それはない。絶対にない。自分でも可愛いと自信のあるこの顔だから、男に言い寄られたこともないわけじゃないが、まんざらどころか、気色悪いだけだった。

普通の男なら、それが当然の反応のはずなのに——と真広は目の前の男を見上げる。

「では、どうしてここに？」

問いかけてくる声は穏やかで、銀灰の瞳は真摯《しんし》に輝いている。いくらなんでも、悪意の欠片もないこの男に向かって、見合いをぶっ壊すためにきたとは言えない。

それに、あくまで真広自身がレオンハルトに興味を持ってきたことにしておかないと、さすがに父親の面子《メンツ》が丸潰れになる。

「自分以上にいい男って、見たことなかったから、なんとなく気になって……」

「ほう。それはずいぶんな褒め言葉というか。それ以上に、なかなかの自信ですね」

「や、もう自他共に認めるナルっすから」

謙虚《けんきょ》こそが日本人の美徳だとしても、この件に関しては、引く気はない。

めいっぱい威張《いば》らせてもらうと、ぺったんこな胸を張る真広に、レオンハルトはなにか眩しいものでも見るように目を細めた。

「その点だけは私と正反対だね。私は、自分を好きではないので」

「なんで？　誰が見たって、超カッコイイんすけど。マジで暗黒帝アーベントを地でやれる感じ。その格好のままイベントに参加したら、どよめきの大渦に巻き込まれるぜ」

「ゲームの暗黒帝など、現実の脅威にはならないでしょう。だが、私は違います」

鋭い眦《まなじり》の両眼は、微《かす》かに眇《すが》められただけで、なぜか寂寥を感じさせる。

「私は、夜の領域——die Nacht《ディ　ナハト》に住む者だから。千年の昔、民の憂いを見かねて、自ら暗闇《ドゥンケル》に生きることを選んだ一族。光《リヒト》を厭《いと》い、闇に剣を鞘走《さやばし》りさせる暗黒《シュヴァルツ》からの使者。それはいまもなお、宿命となって私を縛る」

「え？」

形よい唇が紡ぐ言葉は、まるでなにかの呪文のように、低く静かに、響く。

「真広……これは私の唯一の直感。きみは私の闇を照らす光」

大きな両手が真広の頬を包む。自然と仰いだきに、視線が絡む。

（なんで、俺……）

真広は目が離せない。

バーチャル世界のキャラが現実世界に現れたかのような驚愕からだけでなく、満月の銀光を映し出す、瞳の色に縫い留められて。

草食系男子がもてはやされるご時世のせいか、外タレ人気はいまいちだが。それでも女には、鉄壁の白馬の王子様願望がある。

元カノ達が、多かれ少なかれ似たような言葉を、別れぎわに残していった。

曰《いわ》く、真広は王子様じゃなく、王女様なんだよね。自分より可愛い男をカレシにすると、嬉しいよりムカつくんだってようくわかったわ――なのだそうで。

イマドキ王子様はねーわ。時代錯誤《さくご》もはなはだしいんですけど。現在日本では、高嶺《たかね》の花どころか夢幻《ゆめまぼろし》でしかないのに、と呆れていたのに。

だが、その夢幻がいた。

決して一般人には手の届かない存在が、目の前に、ほんの三十センチほどさきに。

呆然《ぼうぜん》と見つめるうちに、レオンハルトの美貌が、視界いっぱいを埋めつくし、同時になにかが唇に触れた。最初は花弁《はなびら》のように軽やかに、真広の唇をなぞったそれが、やがてじわりと押し入ってくる。自分の口腔《こうこう》内を蠢《うごめ》く、自分ではない熱量に、されるがままになっている。

（な、なにされてる……俺……？）

最後に、ぴしゃっと濡れた音を立てて離れたそれは、でも、まだ吐息が触れるほど近くにとどまっている。

（すっげー自然にチューしたような。でもって、なんか舌まで絡めて……）

鈍すぎる危機感が、いまごろになって逃げろと警鐘《けいしょう》を鳴らすけれど、いつの間にか力強い腕にすっぽりと抱き留められて、動くことさえままならない。

「細いですね。私の腕にすっぽり入る抱きごこちが、ちょうどいい」

とぼけたことを抜かしている男を、せめて必死に睨《にら》み上げる。

「こ、これでも一七五はあるっ……！」

一日三食ハンバーガーとピザとフライドチキンでもオッケーの食生活のせいか、欧米人にも引けをとらない容姿を身につけたファーストフード世代である。

それでいながら、もともと草食民族だった利点であろう線の細さはそのまま残しているし、毛深くもなく、体臭も薄く、そこそこにセンスもよくて、むろん日々のケアも欠かさないから、清潔男子が受ける昨今では、じゅうぶんモテモテの部類に入る。

来る者拒まずと、気ままな遊びを楽しんできた。将来を見据えた真剣なおつきあいとかは、まだまだ考えられない、いまを生きている二十歳だ。

なにが面白くて男とキスなんて、と思う反面、その意外なほどの違和感のなさに、少々でなく戸惑う。はっきり言えば、気持ちがよかったのだ。

（キスに男女差はないってことか……）

間近で煌《きら》めく、銀色の虹彩《こうさい》。

それは夜に揺らめく、月光の色。

何十億年ものあいだ、片恋のように地球を見つめ続けてきた、夜の使者。

「あんた……まさか、ゲイ？」

「いいえ。未だかつて男に恋愛感情を持ったことはないですね。けれど、女性相手にもないので。だから、これは初めての感情です」

薄い笑みを刷《は》いた、端整という言葉が似合いすぎる紳士の、甘やかな告白。

「つまり、一目惚れというのでしょうか」

「はぁぁー？」

ともすれば冷淡に見える銀灰の瞳も、そのうちに埋《うず》み火を抱いているかのように、ほんのりとあたたかくさえ感じられる。真広を不快にさせる、おふざけ要素は微塵もない。

この状況を純粋に楽しんでいるようだ。

「――ということで、どうやら容姿に関してなら、見も知らぬ子供でさえ指さして叫ぶほどに、似合いのカップルだったようだし、今度は身体の相性のほどを確かめてみませんか？」

「ストーップ！」

背に回ったレオンハルトの手に力がこもり、さすがにお気楽な真広も、ヤバイと感じはじめてきた。両腕でぐいぐいと、美麗なご尊顔《そんがん》を押しのけようとする。

「だ、だから、これはただのコスプレだって」

「けれど、私との見合いのために、そうして装ってきてくれたのでしょう？」

「まあ……そ、それはそうなんだけど」

「嬉しいですよ。よく似合います」

基本自分大好きっ子だから、褒められるのはまんざらでもないのだが——などと思ってしまうあたり、すっかりレオンハルトのペースに巻き込まれてしまっている。

「いや、でも、あんたんちは——シュヴァルツマイヤー伯爵家っての？　跡継ぎとか必要なんじゃない。長男だって聞いたけど」

「長男だし、一人っ子ですよ。なので、早く嫁をもらえと親がうるさくて。この見合いを受けただけで、大喜びしてます」

「それ……なんか違うだろ。俺は嫁にはなれないってか、男同士は結婚できないし」

「ご心配なく。ウォルフヴァルトでは同性婚が許されています。私は日本生まれ日本育ちですが、ウォルフヴァルト国籍ですから、なにも問題はありません。あとは互いの気持ちしだい」

「だから、問題ありありだって」

「確かに、どちらも同性との経験がないとなれば、問題はなくはない」

「そーゆーんじゃなくて……」

いちばんの問題はそれですか？　身体がさきで、お互いの気持ちは後回しですか？　と真広はがくりとうなだれる。

暖簾《のれん》に腕押しというか、のらりくらりとかわされる、この手応えのなさはなんなのか。

「だからこそ、やはりここは、相性のほどを試しておいたほうがいいと思うので……」

「ので……？」

今度はなにを言い出すことやらと、警戒心もどこへやら、脱力しながら待っていると、いきなり身体がふわりと浮いた。

「ちょ、なに……!?」

自分が、レオンハルトの腕に軽々と抱え上げられていることに気づいて、その絶対的な体力差に、愕然とする。

身長が頭半分ほども違うことも、肩幅や胸の厚みや腰骨の高さの違いも、いちいち癪《しゃく》に障《さわ》るからあまり意識しないようにしてきた。これは民族差だからしかたがないのだと。

それにしても、黒い衣装のせいか着やせして見えていたようで。実は、闇色の光沢を放つ布地の下には、何百年ものあいだ、剣を振るって国土を守ってきた騎士達の血が脈々と流れているのだと、つくづく思い知らされて、それがなんだか男として、ひどく悔しい。

その反面、力強い腕で支えられることの安心感は、思いもよらず心地よいものだったりもするから、タチが悪い。

気がつけば、ロココの優雅を装飾に刻んだ、天蓋《てんがい》つきのベッドに横たえられていた。

そして再び落ちてくるキス。今度は全身で伸しかかられて、口腔内を遠慮なく嘗《な》め回される。

喉の奥まで突き刺さってきた強靭《きょうじん》な舌に、息が詰まりそうになる。わずかに漏れる吐息ひとつ、唾液ひとつ、逃すまいとするような濃厚な口づけに、頭がくらくらしてきても解放のときはいっこうに訪れない。離した瞬間に真広の口から飛び出す罵詈雑言《ばりぞうごん》を塞ぐかのように、それは終わることがない。

(こういう展開だったか、あのゲーム?)

フレアは太陽の化身、炎を操《あやつ》る闘争天使なのに、それが夜を意味する名を持つ暗黒帝にこうも簡単に籠絡《ろうらく》されていいものか。いくら敵同士でありまた恋人でもあるという、ロミオとジュリエット設定だったとしても、力は互角だったはず。

などと、逃避的思考にぐるぐるしているあいだにも、レオンハルトの手はチャイナドレスのスリットの中へと忍び込んで、妖艶《ようえん》な悪戯《いたずら》を開始していた。

「……っ……」

節のバカが、コスプレオタクの真髄《しんずい》発揮とばかりに、下着までもレースの女物を用意してくれたから、それは男の大事な部分を覆い隠すには、ひどく危うい。

「や、やめろって……！」

やわやわとレース越しに先端を撫でられると、直截《ちょくさい》でないぶん焦《じ》れるような感触に、かえって疼《うず》きが増してくる。

「本当にいやですか？　ちゃんと堅くなっている気がしますよ」

耳殻《じかく》を食《は》まれながら囁かれた瞬間、緩い電流のような感覚が、肌を嘗め広がっていく。

（や、やべー、この男の声って凶器だ）

低音なのによく響く。わずかにフラットした声音が絶妙なビブラートで鼓膜を振動させ、全身を一個の楽器のように掻き鳴らす。

「どんなふうにされるのが好みか、希望があれば言ってください。私はきみの下僕《しもべ》。額《ぬか》ずくだけの奴隷。なんなりとご命令を」

「で、できるか、伯爵様相手に命令なんて」

「なるほど。伯爵バージョンをご所望《しょもう》ですか。では、私なりの方法で。基本、欲しいものは力尽くで手に入れる主義です」

逃げを打ったつもりで、逆手にとられた。

ついでに両脚もとられて、ひとまとめに抱え上げられてしまう。

深く入ったスリットのせいでドレスの裾はだらりと垂れ落ち、いつの間にか、太腿に留めてあるガーターベルトだけでなく、股間を頼りなく覆うショーツまで丸見え状態だ。

あまりに無防備で小さな布の、やんわりと膨《ふく》らんでいるさままで。

「み、見るなっ……！」

「どうして、こんなに可愛いのに」

「ど、どこ見て可愛いとか……そこは逞《たくま》しいとか、雄々《おお》しいとか……」

それは、レオンハルトの巧みな手淫にあおられて、欲望の形を刻みはじめている。

「雄々しさにはほど遠いけど、ちゃんと勃っていますよ。私のより小振りですが、そこがまた愛らしい」

視覚というのは、実際の行為より破廉恥《はれんち》だと思う。目にしなければ知らんぷりをしていられたものを、脳裏に焼きついた映像はさらなる妄想の引き金になってしまう。

「そ、それは、生理的な現象だから……」

「そうですか？　私も男に迫られたことがありますが、気色悪さがさきに立って、かえって萎《な》えました」

「男に迫られたこと、あるのかよ？」

「ありますよ。十代のころは、自分で言うのもなんですが、美少年でしたから」

いや、言わなくてもわかるから、と思っているあいだにも、男は手慣れた仕草でショーツを下ろしていく。窮屈《きゅうくつ》な思いをさせられていた性器が解放されて、ああ……と思わず甘い吐息が漏れる。

「ずいぶん元気なようですが。生理的な刺激と気色悪さを天秤《てんびん》にかければ、後者が上回るのは経験ずみです。きみはどちらかな。論《ろん》より証拠、試してみましょう」

うっとりと言う唇が、徐々に真広の両脚のあいだへと近づいてくる。

うそ？　と思った瞬間には、ぬめった感触が、剝《む》き出しの性器を包み込んでいた。

ぴしゃ、と濡れた音を耳殻が拾い、同時に、股間で蠢くものの感触も伝わってきて、嘗められているのだとわかる。半分ほども咥《くわ》え込まれたそれが、吸われ、食まれ、舌を巻きつけられて、感じさせられている。

いや、この言い方は公平ではない。勝手に感じているのは真広のほうなのだ。

（いいっ……。すっげー気持ちいい……）

未だかつて、こんな極上のフェラチオを受けたことがあるだろうか。女はおちょぼ口だからとかではなく、開いた笠も、くびれの周囲も、敏感な裏筋も、まるでアイスキャンディーでも嘗めとるかのように、丹念に舌を這わせていくレオンハルトの所作に、わずかな嫌悪感すら見つけられないせいだ。初めてと言いつつ、同性の性器を本心から楽しんで嘗めている。

感じてくれと、もっと育ってくれと、嬉々《きき》として奉仕する姿は、それでも暗黒帝の威厳を崩すこともなく、むしろ余裕さえ感じさせるから、腹が立つ。

真広ばかりがオタオタして、すっかり相手のペースに巻き込まれている。

「ちょ、あんた、巧《うま》すぎ……。初めてってのうそだろう。こっそり裏で予習とかしてきて、でも、ぜんぜん努力とかしてませんってとぼけるタイプ」

真広はレオンハルトの絹糸のごとき金髪を指に搦《から》めとって、必死で訴える。

「それは、きみのほうじゃないのかな。言葉は自らを映す鏡だから」

「……っ……」

「力を抜いて。私にゆだねて」

ゆだねたらヤバイだろう、と理性が叫ぶ。

このままの勢いでは、最後まで突っ走りそうな予感がする。基本、乗りやすい性格だし、いままでただの一度も、こんな高揚《こうよう》感に満たされたことなどなかったのだから。

なのに、流されまいとする意志とは裏腹に、どくどくと脈打つ性器は、一気に質量を増していく。レオンハルトは束の間、唇を離し、まるでその状況を見ろとでもばかりに、ぺろりと舌なめずりしながら真広を窺《うかが》う。

「さっきより逞しくなりましたね」

レースのショーツを太腿に絡ませたままのみっともない股間で、それは、自らの先走りとレオンハルトの唾液とでぬらぬらと光り、もっと強い刺激をもとめて身悶《みもだ》えている。

「そ、そうか……なにか、精神操作系の魔法を使っただろう？」

「いいえ。私はゲームのキャラじゃないので魔法は使えません」

「だったら、そうだ、催淫剤《さいいんざい》とか……」

「そういうものも、実際にはそれほど効き目はありません。効果を期待するなら、きちんときみの体質に合わせて処方しないと」

「って、ちょっと待てぇー！　処方できんのかよ、催淫剤なんて代物《しろもの》を？」

「むろん。先祖代々の秘伝ですから」

そんなものを秘伝にしてる一族ってなに、と真広は、とっ散らかった頭の隅で思う。

「もっとも、妙な薬より、この身体ひとつでじゅうぶんですが」

「え？」

「いわゆる性技。四十八手《しじゅうはって》とはいかずとも、声や眼差《まなざ》しや口づけだけで、最高の快楽を与えられるとの自負はあります」

囁く声がすでに凶器。この男は自分の魅力を知りつくして、あえてやっている。

「とはいえ、私も同性相手は初めてなので、常ほどの自信はありませんが。でも、きみは思った以上に感じやすいようだ」

「そ、それはない。俺、ナルだって理由でふられまくったんだぜ。愛情が薄いんだってさ。最後の彼女なんか、そんなに自分大好きなら鏡見ながらマスでもかいてろ……って、あんまりじゃないか、それ？」

自分でも、こんなときに言うことじゃないとは思いつつ、パニック状態の口は勝手なことを吐き散らす。瞬間、レオンハルトの動きが止まった。ようやく冷静になってくれたかと思ったら、いきなりぷっと吹き出した。

「きみは、いちいち面白すぎる。こんな気持ちになったのは初めてです」

べつに笑いをとろうとしたわけではないが、不気味な嘲笑《ちょうしょう》を浮かべるのではなく、声を立てて笑う暗黒帝は、ちょっとした見物だった。プラチナブロンドの前髪を微かに揺らしながら、弾むような軽やかさで、部屋に響く声。

(あ、声出して笑うんだ……)

いまのいままでこの伯爵様は、薄い笑みを刷く程度で、あまり表情を変えないと思い込んでいた。だが、そう、ゲームのキャラなどではないのだ。

息をして、語って、笑って……愛する者を求めて、胸を弾ませている。それが、伸しかかっている下半身から伝わってくる。

確かに生きている者の、証《あかし》の脈動。

「気づきましたか。私がどんな状態か?」

「あんまり……気づきたくなかったかも」

「だったら、ようくご覧なさい」

真顔で言って、レオンハルトは自らの前をくつろげる。ギョッと真広は、目を瞠《みは》った。

「ちょ……そ、それ無理っ……!」

たとえ、レオンハルトがどれほどのスペシャルテクニックの持ち主であろうと、好奇心で補えるような質量ではない。

「心配はいりません。無理はしませんから」

そうは言っても、いったんことにおよべば先っぽだけちょっとなんて程度で我慢できるものではないことくらい、いくらマスでもかいてろと罵倒《ばとう》された真広でもわかる。

「マジ……ホントにごめんなさい。俺が間違ってました！」

こうなったら真実を告げるしかないと思うのだが、すっかりその気になってしまった男は、圧倒的な体格差でもって、欲しいものは力尽くでの主義を貫《つらぬ》こうとしている。

だが、しかし、強引にとらされた自分のポーズが、どこか変。

「ちょ、ちょっと、このカッコウは……」

両脚をぴったりつけて、そのまま胸につくほど引き上げられたと思うと、自然と浮き上がった尻のあわいに、なにかが触れた。

指ほどに明確な意志はないが、でも、舌よりは強靭なもの——男性器だとわかった瞬間、ぞっと全身が総毛立った。こんな体位で挿入かと怯えすくんだとたん、それは未踏《みとう》の後孔を撫でさすっただけで、ぬるりと太腿のあいだに滑り込んできた。

密やかな窄《すぼ》まりを掠め、内腿を擦り、どくどくと脈打ちながら前後する熱塊《ねっかい》が、敏感な皮膚を刺激する。

(え……？　これ、素股か……？)

知識はあるが、実地は初めて。それも自分がやられるほうとなれば、まったく初体験。

だが、これはかなり恥ずかしい。まだ這いつくばって、背後からのほうがましだった。向きあった状態だと、真広の側は、足上げストレッチのように身体をくの字に丸めていなければならず、なんとも無様《ぶざま》すぎる。

「そのまま……太腿を締めていてください」

不自然な体勢を維持したまま、レオンハルトの要求に応えるのも、やっかいだ。大学生になってからは体育の授業もなく、思った以上に身体は鈍っていたようだ。

(柔軟とかやらねーと……)

そんな場合ではないのに、妙なことばかりが閃くのは、すでにまっとうな精神状態ではないのだろう。本当に現実のことなのかと自問してみれば、答えてくるのは、肌を嘗める吐息交じりの、レオンハルトの乱れた声音だ。

「ああ……、いいですよ。きみは思った以上に、熱い……」

ほとんど斜め上から送られる律動に合わせて、ぐいぐいと進んでくる先端が、真広の蜜袋の裏にまで届いて、疼くような刺激を生み出していく。器用すぎる男の手に包まれた性器もまた、喜《き》悦《えつ》の涙で潤んでいる。

「は、ああっ……！」

真広もまた、首をのけ反らせて喘ぐ。

窓の外、新宿《しんじゅく》の高層ビルを背景にゆるりと上ってくるのは、十六夜《いざよい》の月。

間近で笑んだ瞳に映り込んだそれの、妖しいまでの光。

まるで魅入《みい》られたように、真広の身体は勝手に快感を貪っていく。

そうするさきに、なにかすばらしいことが待っているような気がして、胸のうちがざわざわと騒ぐ。どくどくと鼓動が速まっていく。

変わらぬ毎日だからこそ、変わったものに魅《ひ》かれる——やっかいな性格だけれど、楽しくて、驚きがいっぱいなら、もっといい。

もっとなにか。

もっと心躍らせるものが。

節のように、バーチャルの世界でなんか、満足していられない。

触れて、抱きあって、肌で感じて、ここにある生身が味わう快感を、もう真広は知っているから、あらがうのは難しい。

(挿入って、痛いよな……)

知識だけなら普通にあるし、少々でなくつらいだろうことは、誰にだってわかる。

けれど、この中途はんぱさは、かえっていやだ。

相手が本気なのに——たぶん、これまでつきあった誰よりも、真摯にいま真広を欲しがってくれているのに。たとえそれが珍妙ななりゆきのあげくであろうと、男は本気の欲望を隠せはしないものだから。

「もう……いっそのこと、挿《い》れちゃって」

意を決して口にしたとたん、出会ってから初めて、レオンハルトの顔が驚きの表情に固まった。

――ああ、その顔が見たかった。

最初から、目的はそれだった。

真広に見惚れたあとには、驚愕がくるはずだった。

ずっと相手のペースに振り回されていただけに、理由はともあれ、ようやく目にした驚きの表情に、少しだけ溜飲《りゅういん》が下がる。

「でも、たぶん痛いですよ。他のことはともかく、これだけは自慢できる逸物《いちもつ》ですから」

「……んなこと、威張るな。触れてんだからわかってるよっ！」

わかっているからこそ――その熱さが、堅さが、脈動が、汗を浮かせてもなお、どこか冷静さを失わない表情だけでは読みきれない欲望を伝えてくるから、ついつい流されてもいいかと思ってしまう。

この男が乱れるさまを見てみたい。

出会った瞬間から負けっぱなしの相手が、希求の想いに膝を折り、自分の身体に溺《おぼ》れていくさまを見たいと思ってしまう。

同じ男だからこそ、少しくらいは勝ったという証が欲しい。

朝になって、目が覚めて、頭が冷えれば、ああ……やっちまった、とドツボに嵌《はま》ることは想像に難《かた》くないのに。

こうしてその気になってしまった肌を触れあわせていれば、目先の快感がさきに立つ。

引き返すならいましかないとわかっていても、すぐそこに未経験の驚きが待っていると思うと、怖いもの見たさで覗《のぞ》かずにいられない刺激大好物人間だから、いっそ清水《きよみず》の舞台からバンジージャンプするつもりで飛び込んでしまえと、理性を凌駕《りょうが》する情動が急《せ》く。

早く、早く、と心躍らせて。

「いいよ、マジで……。素股って、けっこうマヌケだし。お、女じゃないんだから、ヴァージンがどうのって、問題でもないし」

言いつつ手を伸ばし、初めて自分からレオンハルトの頬に触れてみる。指先にほんのりと体温を感じるのは、より相手のほうが発熱している証拠。

それだけで、なにやら優越感に、心が躍る。

「ま……いいよ。明日になったら、どっぷり後悔して、あんたを蹴っ飛ばすかもだけど」

でも、もう決めたと、捉《とら》われたままの視線で語る。女を誘うよりさらに甘やかに、さらに情熱的に、挑むような強さで誘惑する。

ここまでレオンハルトのペースに乗せられてきてしまったが、それでは自分大好き人間のプライドが許さない。相手が同性ならばこそ、ぬるい勝負はできない。

最後に勝つのは、常に自分でなければ我慢できない。

「来て、俺の中へ……」

決めゼリフは、ただ一言。

瞬間、見下ろす男の余裕の表情が崩れたのが、はっきりわかった。

ゆるりと見開かれていく両目に、燃え上がった激情の炎。

そして、太腿のあいだでびくんと大きく脈動したものの、もはや抑えることのできない変化の理由までも、同じ男だからこそわかる。この程度では足りないと、もっと苛烈《かれつ》な刺激を欲して獲物を食らう欲望が、紳士然としたこの男にも、確かにある。

「後悔しても、知りませんよ」

それでも伯爵様は、宣言だけは忘れない。

「やめる？　いいよ、俺はどっちでも」

決めるのはそっちだと、選択権を放り投げる。跪《ひざまず》けと、挿れたいと、抱かせてくれと求めるがいい、本心から。お試し程度の軽さではなく、もっと命懸けで求めてみせろと。

真広自身は、入れ替わりの早いつきあいの中で達成できなかったことを——夢中になった者の惑乱を、すべてあまさず見せてみろと。

「抱きますよ。もう遠慮しない」

青灰色の瞳は、いっそう鮮やかに銀光を増し、前だけはだけた軍服の黒を縁どりながら広がっていく情熱の輝きを、真広は見たような気がした。

それは幻覚だったのかもしれないが。

力強い手にぐいと膝頭を割られ、汗に粘ついていた内腿に空調の冷気が触れる。

解放の心地よさに、「ああ……」と唇から漏れる安堵《あんど》の吐息。いまや男の肩に抱え上げられた両脚は、それはそれでみっともないが、女のように行儀よく脚を閉じたカッコウをさせられているよりまだましだ。

真広の股間を、ぬるりと下がっていく性器は逃げようとしているのではない。それだけ別の生きもののように、新たな獲物を狙って狭い巣穴に飛び込もうとしている。

その情動が、敏感な窄まりに押し当てられた先端の、いちだんと熱を上げた感触でわかる。

一瞬怯《ひる》んで、びくと逃げを打った身体を、力強い手に押さえ込まれる。

「もう、待たない」

熱をはらんだ声はさらに低く響いて、真広の肌をさざめかせ、そのまま熱い口づけとなって降ってくる。真広の舌をすくうように搦めとる男の欲情のほどを、触れあう下肢にも感じとれば、異端の香りに満ちた官能が、どろりと脳髄を灼《や》いていくような気がする。

痛みはあるだろう。あんなものを挿れるのだから。

だが、どこかに奇妙な期待もあって――なにより、すさまじく非日常的すぎて、好奇心が抑えられない。いままでどんな女を抱いても、夢中になれたことがない。別れを切り出されても、引き止める気にもならないほど、大事にできなかった。

楽しく生きるのが好きなくせに、セックスはなぜかそれほど楽しいものではなかった。

友達としてならば気やすくつきあえた相手でさえ、恋愛が介入したとたんに、なぜか気持ちが萎えた。

なにかが足りないと、いつも感じていた。もっと本気の恋がしたかった。

——そんなに自分大好きなら、鏡で顔を見ながらマスでもかいてなよ、バカ！

あれは、わずか一週間で破局したときだ。

歯に衣《きぬ》着せぬ物言いをする女で、見事に真広の本性を言い当ててくれた。

決して相手のせいではない。たぶん自分のほうに問題があったのだ。夢中になりたいはずなのに、心のどこかが冷めていた。

なのにいま、真広の心臓は、息苦しくなるほど激しい鼓動を刻んでいる。

これは禁忌《きんき》だ。ウォルフヴァルトでは同性婚が認められていようが、日本人にとっては、やはり人目をはばかる常識外の恋愛だ。

だが、人は、いけないと知りながら、禁忌に魅かれる生きものなのか。

同性相手という非日常的な刺激からくるものであっても、いままでになく真広の胸は騒いでいる。もしかしたら足りなかったなにかを埋めてくれるかもしれないと、期待を抱かせてくれる。

もっと心弾むことを。

もっと刺激的な、なにかを。

「いいから……もう、さっさとやって……」

「ふ……。意外と男前ですね」

「あ、当たり前だ。俺はお軽く見えるけど、いざってときには決めるんだよ」

そのほうがカッコイイだろう、と精一杯の意地を張る。

だが、その一瞬あとに、痛い痛いと叫びまくって、無様な姿をさらすことになるのだが、それもご愛嬌《あいきょう》というものだ。


「真広さん……まだ寝てるんですか?」

耳朶《じだ》に吹き寄せる、囁き。まるで恋人を起こすような甘ったるさを含んで、ひどくくすぐったい。それをガン無視して、真広は寝たふりをし続けた。

「狡《ずる》い人だ。狸《たぬき》寝入りでしょう? もっとも、初めての朝が恥ずかしいのは、当然ですが。私はシャワーを浴びてきます。目が覚めたら、あとからでいいから来てください。隅から隅まできれいにしてあげますよ」

おぞぞーなセリフと、首筋への熱いキスを残して、レオンハルトの足音が遠のいていく。

待つことしばし——完全に、その気配が消えたことを確認して、真広はブランケットからのろのろと顔を出す。

「あーあ、やっちまったよ……」

情事の跡も生々しく残るベッドになんとか上体だけを起こして、痛む腰をさすりながら人生最大の後悔にどっぷりと浸かる。

（マジでやるか、俺？　そりゃあ、まあ、痛いだけじゃなかったけど……）

その上、最後には悶絶《もんぜつ》してしまったようで、記憶はおぼろだ。何度イカされたかも覚えていない。紳士の顔をして絶倫伯爵とは。

さすが暗黒帝アーベント、ヒットポイント最強ラスボス。そもそも体力差がありすぎる。あれに対抗しようなんて考えたのが間違いだったと、悔やんだところで遅すぎる。

後悔とは、ことが終わってしまってからするから、後悔という。そして、得てしてあまり教訓になるものではない。

となれば、残る道はひとつしかない。

「逃げるっきゃないな」

どちらのものかわからない体液でぐっしょりと濡れたチャイナドレスを、再び着る気にはとうていなれない。

クロゼットを開けてみれば、きれいにクリーニングされた衣類が詰まっている。

まだじんじんと痛む部分をかばいながら着替えてみれば、真広にぴったりのサイズだった。

となればレオンハルトのものではない。以前に宿泊した誰かの私物かもしれないが、ＶＩＰ専用の部屋を使うくらいなら、トップとボトムのワンセットくらいなくなっても、騒いだりはしないだろう。

昨夜のあれこれの対価にこれくらいはしてもらってもいいはず、と勝手な理屈で、真広は自分を納得させる。

卑怯《ひきょう》と言われようがかまわない。

逃げたと思ってくれてけっこう。

一度だけ顔合わせをするという義務は、課せられたぶん以上に果たしたはず。

『身体の相性が最悪だったので、このお話はなかったことにしてください』

ホテルのメモ帳に、焦りの色も露《あら》わな走り書きを残して、真広はトンズラしたのだ。

3

真広は節のデイパックの紐をつかんで、ほとんど引っ張られるようにして、大学のキャンパスをのろのろと歩いていた。

「意気投合して、夜中まで飲んでた？　だったら連絡くらいしてこい。いつもなら平気で俺を呼びつけるくせに」

インドア派にしては節は体力自慢だ。身長も一八〇センチはあって、同じ男としてそこだけはムッとするところなのだが、コンパで酔ったときなど、迎えに来てもらうには実に便利だ。いまも全力でぶらさがっているのに、そのことについてはなにも言わない。

「真白がすっげぇ心配してたんだぞ。なにかあったんじゃないかって」

節が説教をはじめるのは、真白が関わったときだけだ。

「なにかって……なんだよ？」

「真広の貞操《ていそう》の危機だってさ」

「な、ないない……男同士でそれは……」

ぼそぼそと返すが、実際にはそのなにかがあったわけで、だからこそ真広は、気怠い身体をもてあましているのだ。

さすがに鋭い。双子の勘とでもいうのだろうかと、真広は頬を引きつらせる。

「本当か？　おまえってなんか、いざとなると流されそうだし」

「俺、男に流されるタイプかよ？」

「じゃなくて、優しい人に弱いってか、甘やかされるの、好きだろ」

「わ、悪いかよっ」

確かに、自分大好き人間だけに、甘やかすより、甘えるほうが性に合ってる。

――シスコンって大っ嫌い！　私、真広のお母さんでも、妹でもないから。

元カノの一人――加奈《かな》が、別れぎわに吐き捨てていった言葉が、大当たりかもしれない。

「ナルシストで、シスコンで、マザコンか。女が嫌う要素満載だな」

真広は自嘲《じちょう》しながら、セットもろくにしてないせいで、あちこち跳ねた髪を梳《す》く。

「自覚があるなら真白に心配かけるな。向こうもそうとうなブラコンなんだ」

「わかったってー。世話かけたな」

「俺んとこはいつものことだけど。おじさん、大丈夫なのか？　このところずっと、会社や工場で寝泊まりしてるんだって？」

「うん……」

曖昧《あいまい》にうなずいたものの、大丈夫なわけがないことは、真広だってわかっている。頑固一徹の男が、娘の玉の輿《こし》話に飛びつくようでは、そうとう追い詰められているのだろう。

「いっそ、売っぱらっちまえばいいのにさ。けっこういい買収話とかきてるのに、四代目の自分が潰すわけにいかないって。意地張ってる場合かよ」

「けど、社員のこととかもあるし。おじさん、あれでいて情に厚い人だから」

「だからなに？　そのために家族を犠牲にするのはいいのかよ。お袋を死なせただけじゃ懲《こ》りずに、今度は娘を借金のカタにするのかよ」

「真広……」

それは言いすぎだぞ、と節がちらと肩越しに振り返る。すべてをそばで見聞きしてきた幼馴染みには、よけいな説明もいらない。だからこそ、こんな感情も吐露《とろ》できる。

「だって、他にどんな理由があるよ？　あのころ親父は新規事業を立ち上げたばかりで、お袋もいっしょに金策に駆け回ってた。なのに疲れた顔なんかひとつも見せなかった。俺が友達引き連れて帰れば、忙しい中、ドーナツや蒸しパン作ってくれて……」

世間にはルーズな母親も多いのに、食卓に出来合いの総菜が並ぶなんてことは一度もなかった。いつもピカピカなキッチンで手作りのおやつを作る母親を見て、優しくていいな、と友達から羨《うらや》ましがられるのが嬉しかった。

なのに、三十五歳の若さで逝ってしまった。

「お袋は健康だったんだ。病気になったことなんて一度もなくて……」

あの日のことは、記憶もおぼろげだ。母親が救急車で運ばれたと学校に連絡があって、節の父親がタクシーで迎えに来てくれたのだけは覚えている。

——育子《いくこ》さんは強い人だから、大丈夫だよ。

左右の腕に真広と真白を抱き締めて、そう慰めてくれたのに。

だが、願いはかなわず、ただの一度も意識を取り戻すことなく、母親は逝ってしまった。

真広が覚えているのは、まるで眠っているような母の顔と、しっかりと繋いだ真白の手が震えていたことだけ。

そのあとのことは本当に曖昧で、形になるのは葬儀の日の出来事からだ。どうしてこんなに人がいるんだろう。なぜみんな黒い服を着てるんだろう。お線香のいやな匂いはなんだろう。どうしてお母さんの写真が、花輪のまん中に飾ってあるんだろう。

疑問だらけの中で、父親が大声で泣いていたことだけは鮮明に覚えている。大人なのに、男なのに、妻の棺《ひつぎ》にすがって号泣していた。

——すまん育子……俺のせいだ、俺の！

あの声が耳について、離れない。

自分が無茶をさせたから、こんなことになったのだと、そうやって泣くだけ泣いたあと、父親はそれまでにもまして、仕事に打ち込むようになった。妻を犠牲にして、途中で投げ出すわけにいかないとの一念で、いままで頑張ってこられたのもわかるのだが。

「真白だって、俺だって、誰もいない家に帰るのは、ヤなんだよ」

母親の『お帰りなさい』の声がないことに、十年たってもまだ慣れない。だからデートにコンパに遊び回って、午前様になっては、節の部屋に転がり込む。

オタクに学歴なんて必要ないとうそぶいていた節に、そんなこと言わないで俺と同じ大学に行こうぜ、と誘ったのも、実は真広のほうが寂しかっただけなのかもしれない。

真白のように、子供好きだった母親を見習って保育士になる、なんて明確な目標は持てないけれど、せめていまを楽しく生きたい。人は、あっけなく……本当にあっけなく逝ってしまうものだから、この瞬間を大切にできればそれでいい。

「俺は……絶対に真白を親父の犠牲になんかしない。なにがあっても」

「決心はけっこうだが、俺の最高傑作のコスチュームは？」

「あ？」

しまった、あの部屋に脱ぎっぱなしにしてきてしまった、などと本当のことは口が裂けても言えはしない。

「えーと……そう、さ、酒、こぼしちゃって、ホテルのランドリーサービスに出したんだ。そのうちとりに行くから。それより、伯爵ってのがすげーんだ。なんと暗黒帝アーベントそっくり」

「俺は見合い写真を見たとたん、似てると思ったぞ。だから、炎天使フレアのコスチュームを出したんだし」

「へえー。さすがゲームオタ。俺は軍服姿を見るまで、わかんなかったわ」

「で、暗黒帝は撃退できたのか？」

「それはもう、炎天使フレアにおまかせ、ってね。なんとか、あっちから断ってくれそうな展開になったから」

見合い当日に、ご本人は自信満々のベッドインのあげく、身体の相性が最悪とメモ一枚残して逃げられれば、さすがの暖簾に腕押し伯爵も、あきらめてくれるだろう。

「じゃあ、いま、おまえの後ろに立ってる男は誰だ？」

節が顎をしゃくって、真広の背後を示す。

「へ？」

なんのことかと振り返った真広は、そこに軍服姿ではないものの、黒のマオカラーのスーツで決めている男――紛れもないプラチナブロンドと、青灰色の瞳を輝かせて立つレオンハルトを目にして、ゲッ！　と叫ぶなり、節の長身の陰に身を隠したのだ。

レオンハルト・フォン・シュヴァルツマイヤー、あきらめるということを知らない男だった。

「このクソ暑い中、黒ずくめってのは、マジで鬱陶《うっとう》しい。暑くない、それ？」

クーラーの効いたファミリーレストランの中、たとえ軍服姿でなかろうと暗黒帝アーベントを

思わせる姿に、ゲーム好きらしい学生グループが遠慮のない視線を送ってくる。

節に事情がバレては困る。図体だけはデカイくせに捨て犬みたいにすがる男をあとに残して、ここまでレオンハルトを引っ張ってきたのだが、やはりどこにいても悪目立ちする。

「漆黒《しっこく》は我が家の象徴の色なので。ところで、身体のほうは平気ですか？」

その上、場所もかまわず直球の問いだ。

「こーゆーとこでする会話かよ？」

上目遣いに牽制《けんせい》の睨みを送る真広だが、むろん平気なわけがない。だからこそ節に引っ張ってもらっていたのだ。いつもは使わなかった関節や筋肉はバキボキと痛むし、あげく、中にはまだなにか入っているような感覚が残っていて、それがいちばん癪に障る。

「あのさ、メモ見なかった？　日本語、しゃべるだけじゃなく、読めるよね？」

「もちろん。でも、昨夜の感じでは、決して相性がよくないとは思えなかったもので」

「やだねー、伯爵様は自信満々で」

「レオでいいですよ。正式にはまだ爵位を継いだわけではありません。日本ではそのほうが威厳があるというか、通りがいいので、名乗っておりますが」

「あ、狡いんだぁ。そういやぁ、貴族って、いまはもう特権とかないんじゃないの？」

「国によって事情は異なりますが、ウォルフヴァルトでは、特権階級としての爵位が存在します。我が家の爵位は、大公国の独立のさいの功労に対して、父が現グスタフ大公より賜《たまわ》ったもの」

「お父さんがって……わりと最近の話じゃない、それ。独立っていつ？」

「ベルリンの壁の崩壊後です。それまでは東ドイツの一州だったので」

「へえー。ほんの二十年ほど前なんだ」

「我らは狼《ウォルフ》の忌《い》み名を持つ民。小国ゆえに、常に周辺の列強諸国に脅かされてきました。北にはプロイセン、南にボヘミア、東にオスマン帝国……」

それは現在の国名ではない。レオンハルトの頭の中には、ヨーロッパが戦乱に明け暮れていた時代の地図がそのままにあるのだ。

「他国に併合されるたびに、民は国を追われました。現在、本国の人口は十万にも満たない。我がシュヴァルツマイヤー家のように、海外在住の民のほうが遙かに多いのです。そして、流浪の民ゆえに、故郷への望郷の念は強く、忠誠心は巌《いわお》のように固い」

真広にとってはお伽噺のように遠い国の物語を、レオンハルトは懐かしげに語る。

独立直後、現大公家を筆頭に、世界中に散らばっていたウォルフヴァルトの資産家達が、荒れ果てた故国再建のために、無期限無利子で資金援助を申し出たのだとか。

その総額は、日本の一年間の国家予算に匹敵するほどだったというから、はんぱではない。

「そうしていま、あの国には、豊かなブドウ畑と牧草地が広がっている。子供達は公立の学校で学び、年老いた者達は、福祉の恩恵で穏やかな日々を送ることができる」

シュヴァルツマイヤー家も爵位を賜ったくらいだから、送金組だったわけで。

こうして日本に永住し、企業家として確固たる地位を築きながらも、帰化することもなく、心は遙かに遠い祖国に向かっている。

「うーん、すげーとは思うけど。国のためって考え方、わかんねーや。日本なんて、国政選挙の投票率が半分だしな」

「それは島国だからですよ。足元に揺るがぬ国土がある。海という自然の障壁が、無言で他国の侵入を拒んできた。だが、大陸には、明確な仕切りがあるわけではない」

他国に侵略され、国土を踏みにじられ、生きるために傭兵《ようへい》となり、見知らぬ地で果てる。そうやって世界中に散り散りになりながら、だからこそ唯一のよすがとして、心のうちに故郷を住まわせる。

歴史に翻弄《ほんろう》されて変遷《へんせん》する祖国を、いつか必ず再興させる——そんな流浪の民の辛酸《しんさん》が、島国という安寧《あんねい》に浸っていた日本人にわかるはずがない。

「たとえ、三代に渡ってこの国に住まおうと、我らは決して祖国を忘れない。いつか必ずや帰る約束の地なのだから」

窓の外に向けられた瞳は、いまは空を映して、普段より鮮やかな青に輝いている。

そうして見つめるさきにあるのは、約束の国だ。

「ふうん……。で、いつ行くの？」

「三度ほど、仕事で行きましたよ。森と渓谷と中世の街並みが残る、美しい国です」

「そうじゃなくて。国に戻るんでしょ？」

真広の問いに、レオンハルトは密やかに微笑み、首を横に振る。

「父も私も日本生まれです。祖父が出稼ぎにきて、そのまま住みついたという感じでしょうか。仕事の基盤もこちらですし」

祖父の代から続く『株式会社ダンケルコンサルティング』は不動産売買からはじまって、現在はM&Aやファンド事業のノウハウを活かし、金融関連の事業を手広く展開しているとのこと。心に故国への憧憬《しょうけい》を抱きながら、生活自体はもはや日本にあるのだ。

「まあね、東証一部上場企業だもんな。ダンケルって人の名前かなにか？」

「一族の呼び名を、日本語っぽくカタカナ読みにしたんです。本来ならdunkel《ドゥンケル》です」

「へえー。意味わかんねーけど。カッコイイじゃん。いろんな名前あるんだね。暗黒帝アーベントとかさ」

「だから、それは私の名ではないと……」

レオンハルトは、ムッとしたようにわずかに眉根を寄せ――一瞬後には、そんな仕草をした自分に驚いたように、目を瞠った。

「不思議だ。きみに会ってから私は、なんだか普通の人間のようだ。驚いたり、落ち込んだり、こんな感情がどこにあったのか、不思議になるほどに」

「へえー、落ち込んだんだ？」

「ええ。きみの置き手紙を見たあとで、やはり私は同性相手でもいやがられるのかと、小一時間鬱々《うつうつ》としましたよ」

「え？」

「きっと、テクニックではどうにもならないことなのでしょう。自覚はしていますが……、私には、心が欠けているのです」

黒服男がどんよりと悩み込む。

こういう姿を見ると、なにやらうずうずしてくる。

いまを楽しくがモットーだから、鬱々している人を見ると、ついついよけいなお世話を焼きたくなってしまう。引きこもってゲームばかりしていた節に、それならせめてブログでもやってみろ、と勧めたのも真広だった。

「いや、ちょっと、そんなんじゃないから。テクは、さすがにすごかったんだ」

こんな場所でする話かと思いつつ、声をひそめて元気づけてしまう。

「初めての俺を、悶絶させたんだから。けど、やっぱ……凹凸《おうとつ》の比率が合わないからさ」

「理由がそれだけなら、一度だけで決めるのは早計《そうけい》かと思います」

「は？」

「男女だって最初は痛いものです。あのときは私もちょっと焦ってしまって。もっと慣らして、広げてからなら、ジャストフィットしたかもしれません」

「いやいや、しないから！　てゅーか、したら困るし……」

というか、ここは家族連れが食事を楽しむ場所。そういう話題は控え目にするのが紳士の心得ではないのかと思うのだが、目の前の男はとりつく島もなく、滔々《とうとう》と続けるのだ。

「凹凸の問題は、二人の努力で乗り越えられると思うのです。他にはお互い、不満があるわけでもないのだし」

「ちょっ、声、デカイって……！」

「それに我が社には、中小企業へのアドバイスを専門にあつかう部門もあります。なにかお父上の会社の力になれると思いますが」

「へえ？」

真広がわたわたしているあいだに、レオンハルトは、それではこんな場所でも悪目立ちしない話をと、一気呵成《いっきかせい》の話題転換。たたみかけるように新たな提案を持ち出してくる。

（おっと、それは卑怯なり！　いきなり弱みにつけ込んでくるか）

見合いは断りたいが、支援の話なら是非とも聞きたい。

とはいえ、エロ話題からの急展開についていけず、真広の頭は空転するばかり。

「どうでしょう。一度、その件でゆっくりお話ししませんか？　そう、次の休みにでも」

「えっと……」

「このあいだの部屋をリザーブしておきましょう。善は急げと言いますから」

「え？　だって、あの部屋って一泊二百万とかかって……」

「在日貴族が接待に使う場合、経費は国が負担してくれるので。とはいえ、その国庫を潤しているのは、私たち海外在住の企業家なのですが」

どこか誇らしげに言いながら、レオンハルトは携帯を取り出すなり、『グランドオーシャンシップ東京』に、予約の連絡を入れてしまう。

「よかった。空いているそうです」

それは空いているだろう。VIP専用の部屋が、そう簡単に埋まるわけがない。

（こいつ、紳士面してるけど、けっこう裏があるのかも……）

こちらがなにを言おうが、馬耳東風なのは、性格からではなく、そういう作戦なのではないのかと、ようよう真広は閃いた。

だが、そこまでわかっているのに、ついつい誘いに乗りたくなってしまうほど、レオンハルトの撒《ま》く餌は魅力的だ。

「じゃあ、親父の会社のこと……だけだぞ」

「ええ、もちろん。この件については、前向きに検討させていただきます。将来的には私の義理の父親になるかもしれない方ですから」

「だから、ならねーって！」

叫んでみたところで、暖簾に腕押し、糠《ぬか》に釘。

レオンハルト・フォン・シュヴァルツマイヤー、にっこり笑顔が、実はくせ者の男だった。

「いつだって可能性はゼロではない」

どうして引かない。どうしてこうなる。

ちょっと身体の相性がよかろうが、一気に同性婚に走るのは、一族を支えていく伯爵様的にありなのだろうか。

「このあいだみたいな流れになったら、俺、殴ってでも逃げるからな！」

「ご心配なく。きみを困らせたりはしませんよ。紳士は約束を違《たが》えないものです」

たかが口約束でも、約束は約束。

だが、それさえも、真広が自ら翻《ひるがえ》してしまえば効力などないに等しいのだと、優しげな微笑を浮かべながら平然とうそをつく男のおかげで、たっぷりと思い知ることになるのだ。

4

約束の日、伯爵様は、さすがと感服するほどの完璧なもてなしを用意してくれた。

頬が落ちそうになるほど最高のフレンチに、ビンテージワインのチョイスも抜群。

美酒美肴《びしゅびこう》に心地よく酔い、舌鼓を打ちながらも、『ヤヒロ紡績《ぼうせき》』の業績を熱く語りつつの晩餐《ばんさん》の締めくくりに、食後のコーヒーをゆっくり味わっていたときだった。ふと、思い出したように、レオンハルトが言った。

「それにしても、あの日は見合いということで興奮していたのかもしれません」

冷静さを欠いていた前回の出来事への謝罪かと思ったのだが、そうではなかった。

「一時の過《あやま》ちとはいえ、この私が、同性相手に我を忘れるなど、百年に一度の珍事ですよ。たかがキスひとつで、魔法にでもかかったような気分になるなんて、ありえません」

過ちという言葉で片づける態度に、少々でなくムカついた。理由はどうあれ、自分を否定されるのは、嬉しくない。

「ありえないって、そこまで言うか？」

「本当のことですから。気色悪いだけの記憶は、さっさと忘れましょう」

迫ってきたのはレオンハルトなのに、気色悪いとはなんだと、カッと頭に血が上る。

「人生最大のミスは消去するにかぎる」

リセット可能な頭脳なのかよ、と思った瞬間、ブチッと堪忍袋《かんにんぶくろ》の緒が切れた。

「だったら、もう一度、試してみようか？」

ほとんど売り言葉に買い言葉だった。

「ご冗談を」

邪険にされて、さらに火がついた。

「キスだけな。やってみようじゃん」

真広《まひろ》は、レオンハルトの黒い軍服の胸元をつかんで引き寄せるなり、キスにしては甘さのない勢いで唇をぶつけたのだ。


（なんで……あれが、こうなる……？）

自業自得とはこのこと。墓穴を掘った。ついでに、本当に尻を掘られてるまっ最中。

両手でがっしりと腰を押さえられ、視界さえぶれるほどに、前後に振り回されている。

背後に膝立ちしたレオンハルトは、前だけ大きく開いた軍服を閃《ひらめ》かせ、間断のない律動を送り込んできている。ときおり感極まった吐息をつき、そのたびごとに激しさを増す。

交合部から溢れる体液の粘つく音と、ぱんぱんと肉がぶつかりあう音が、中世の優雅を刻んだ部屋に響く。

「ああ……キツイ。こんな締まりは初めてですよ。真広……なんて、すばらしい……！」

真広は後孔を埋めるものの熱と質感を、やけにリアルに感じながら、汗に濡れたシーツを両手でつかみ、ともすれば溺《おぼ》れていきそうになる快感に、最後の抵抗をしている。

「ほら、こんなにぐちゅぐちゅと、私のものを締めつけて……。こんな淫らな穴は、ずっと塞いでおかないといけませんね。そうでもしないと、他の男を誘い込みかねない」

「う、うるさい……誰がそんなことっ……」

するわけがない。ないのに、だが、現実にいま、真広はレオンハルトが与えてくれる官能に酔いしれている。こんなのは違う。こんなのは変だ、と思いつつも、あらがうのは難しく、文句の言葉すら睦言《むつごと》に聞こえる。

「いいとおっしゃい。私のもので突かれるのがいいと。もっと強く打ち込んでほしいと」

「だ、誰が……言うかっ……」

「だったら、やめましょうか？」

背後で低い囁きが聞こえ、中をみっしりと満たしているものが引きはじめた。瞬間、意志よりさきに、身体が拒絶を示した。内壁は激しく収縮し、いまや快感の中枢となった性器を逃すまいと巻きついていく。いっぱいに広げられた入り口もきゅうっと締まり、退路を断つ。最後に、悲鳴じみた声が懇願する。

「や、やだっ……！　やめるなっ……」

考える余裕もなく、勝手に感情がほとばしった。やめないでくれと。続けてくれと。

「好きなんですね。じゃあ、もっと深くまで入れてあげましょう。ほら、こうして！」

ずん、と深く最奥を突かれた衝撃で、真広は猫が伸びをするように、大きく背を弓なりに反らして、喘いだ。

「ひ！　い、いいっ……。そこっ……！」

「あさましい人だ。こんなところを突かれて、それが気持ちよくて、たまらないんですね」

「あ、はあっ……すごっ、いい……！　なに、俺、どーなっちゃった……ッ、ああっ！」

ギリギリまで抜いては、一気に最奥を穿《うが》たれる。乱暴なほどに抜き差しされるたびに、ずりずりと擦られる粘膜が、もっともっとと欲して蠢動《しゅんどう》する。それを食《は》んでは、すすり、貪欲に味わうあさましい音が、痺れるような疼《うず》きとともに全身を支配する。

背後からの突きに合わせて、真広の屹立もまた興奮に揺れながら、溢《あふ》れ出る先走りにぬらぬらと光っている。

だが、そこはまだ直接の刺激を受けてはいない。

前戯の段階から、今夜の目的は凹凸《おうとつ》の問題を解消することだからと、生真面目な口調で、エロ満載の宣言をしたレオンハルトは、指で舌で唇で、丹念に執拗《しつよう》に真広の窄《すぼ》まりを愛撫し続けた。

そちらに専念するあまりなのか、前は放り出されたまま、撫でられてさえもいない。それなのにどうだ、内部への——たぶん、前立腺とやらへの濃密な刺激だけで、真広の性器ははちきれんばかりに膨《ふく》らんでいる。

「な、なんで？　俺、イキそうっ……」

「それは、ドライオーガズムというものでしょう、たぶん」

「たぶん、って……なんで、そんなこと……知って、ああっ——……！」

やたらに男同士の行為に詳しくなっているレオンハルトは、やはり陰でこっそり努力するタイプなのかもしれない。

前回から今日までのあいだ、いったいどうやって、このテクニックを学んだのか。

「射精をともなわない絶頂。そう、女のオルガスムスのように、長く、何度も、絶頂を味わえると聞きました」

「俺は、女じゃ、ないっ……」

「ええ……わかってますよ。この、痛いほどの締めつけが、女のものであるはずがない」

絡まってくる襞《ひだ》を振りきるように、背後の男が腰を大きくグラインドさせる。

「ひ……!?　やっ……ああっ——……！」

痛みと紙一重の、苛烈《かれつ》なまでの悦楽に、いっぱいに広がったそこが、ぎゅっと締まる。

くっ、と背後から聞こえる、突発的な呻《うめ》き声に含まれる、焦《あせ》りの色。

乱れているのは真広だけではない。レオンハルトもまた、余裕をなくしつつあるのだ。

雄同士が繋がりあって、快感を貪る。生殖本能を無視した禁忌《きんき》は、だが、それゆえにすさまじく刺激的で癖になる。

「あっ……い、いいっ！　もっと奥っ……」

もっと強く、深く、熱く、とろけるような官能に満たされたい——身体だけでなく、心までいっぱいにして、夢中になりたい。

ただの一度も味わったことのない、禁断の果実の滴《したた》るほどの甘さを、存分に……。

「ねえ、もっとぉ……」

望むのは、誰だろう？

真広自身なのか、それとも、誰もが身のうちに潜《ひそ》ませている、獣のような欲望なのか。

「私に犯されていたいんですね。いくらでも、やってあげます。全部……きみの中に……」

レオンハルトの息もまた、ひどく乱れて、やがてどちらの口も、まともな言葉を発することができなくなる。

ただ、いい、いい！　と喘ぎに紛れてこぼれる声は、もう理性のかけらもなくし、獣の遠吠えのように散らばっていくだけ。

ベッドの軋《きし》みに合わせて、濡れた身体が汗を弾かせ、熱くなるばかりの二人の体温と吐息とで蒸れた空気が、部屋を支配する。

空には、なにか巨大な口にぱっくりと下半分を囓《かじ》られたような、下弦の月。

月が細くなるほどに闇は深まり、そして魔が支配する刻がくる。

淫魔《いんま》が集《つど》う宴の夜が……。


(うー、腰、怠《だり》いぃぃぃぃ……)

さわやかな朝陽が目にも心にも痛くて、枕に顔を押しつけたまま、真広は唸《うな》る。

(おきるんだよな、男同士でも間違いが)

だだっ広いベッドの中で、カーテンの隙間から差し込む光を避けながら、なんとか上体だけを起こし、後悔の長い長いため息をつく。

対して、隣から聞こえるのは、実に心地よさげな寝息。

いい気なもんだと腹は立つが、一方的に責めるわけにもいかない。

(二度目の過ちとなると、レオのせいばかりにはできねーよな)

男同士のセックスは、最初から最後まで、ただただ気持ちがいいだけで。

自分から求めて手を伸ばし、汗に濡れたプラチナブロンドを掻き抱いてしまった感触が、いまも指先に残っている。

雄々《おお》しい汗の匂いも、抱き締めてくる腕の力強さも、打ち込まれる熱塊《ねっかい》が撒き散らす官能は言うまでもなく。たっぷり楽しんでしまった以上、ここはやはり逃げるしかないと、そっとベッドから出ようとした瞬間、いきなり腕をつかまれた。

「Guten Morgen.《グーテン・モルゲン》 真広」

隣から聞こえてきたドイツ語の挨拶《あいさつ》に、真広は引きつり笑いをするしかない。

「楽しい夜でしたね」

「あ、ははは……」

朝陽を浴びた男の、その眩《まぶ》しさに、目を眇《すが》める。

「今度いつか、お父上にご挨拶に行かなければなりませんね」

「え、ええっ……!?」

どくん、と驚愕《きょうがく》にしては甘ったるく、胸が弾む。

それは、息子さんをお嫁にください、ってやつかと真広は目を丸くする。

「なにか策を立てるにしても、『ヤヒロ紡績』の現状を、もう少し詳しく聞かないと」

「あ、そっちね……」

今回の会食の目的はそれだったのに、すっかり失念していた。

「えーと……ちゃんと考えてくれてるんだ」

「もちろんです。将来的には、私の義理の父親になるかもしれない方のことですから」

「だ、だから、ならねーって！」

叫んでみたところで、暖簾《のれん》に腕押し男には効き目もない。

「どんな可能性もゼロではないでしょう」

どうして引かない。どうしてこうなる。

ちょっと身体の相性がよかろうが、一気に同性婚に走るのは、一族を支えていく伯爵家の跡継ぎとしてありなのだろうか。

だが、ここまできたなら真広だって、融資の件をまとめなければ気がすまない。

二度も好きなようにやられた以上、そのぶんの元をとらねば男の沽券《こけん》にかかわる。

などと、無駄な意地を張れば張るほど、ずるずると深みにはまり込んでいきそうな気がする。

それほどに始終、官能だけは深く、嫌悪感などこれっぽっちもなかった。情事の朝のこんな言いあいも、なんだか照れ臭いだけで、決していやではない。

「じゃあ、まあ……お友達からってことで。谷口《たにぐち》さんには俺から伝えておくから、なにか訊《き》かれても検討中って言っておいて」

「友達ですか……セックス込みで？」

「だからー、そーゆーよけいなこと言ったら、その場で破談。絶交だからな！」

「はいはい。のらりくらりとトボけておけばいいんですね。いいですよ、得意技だから」

「だろうね」

つかみどころのなさは、天下一品。谷口を言いくるめることくらい、造作もなかろう。

レオンハルト・フォン・シュヴァルツマイヤー、にっこり笑顔が実はくせ者の男だと、真広にもさすがにわかってきた。

だが、真広は、お遊びの身代わりゴッコなら楽しめるが、あちらにもこちらにもいい顔をして、人をだまして利用するのは性に合わない。八方美人でいられるなら、元カノ達にふられまくったりはしないものだ。

（なんか面倒なことになっちまったな……）

こんなはずではなかったのに。

そもそも見合い当日に、レオンハルトが、男なんか冗談じゃない！　と引いてくれれば、笑い話ですんだものを。

こんな関係になってしまっては、どう考えてもだましているのは真広のほうで、後ろめたさもはんぱではなく。らしくもない自責の念で、胸が塞ぐ。

「それにしても、きみの身体の――そう、特にあの部分の締まりぐあいのすばらしいこと。私が誇る鉄壁の理性を突き崩すとは、きみも本当に罪な人だ」

だが、殊勝《しゅしょう》な気分も、レオンハルトのエロゼリフのおかげで、あっという間に、成層圏《せいそうけん》の彼方まで吹っ飛んでしまう。

「だ、だからー、そーゆーことを言うなって！」

「でも、本当のことですよ。それはもう色っぽい喘ぎ声で、もっと強く、もっと深くと」

「な、なに、なにぃ……？」

「こんなにメチャクチャにしていいのだろうか、と思いつつも、やめることはできず、中出しましてしまって……。甘え上手な恋人を持った喜びと困惑を、一度に味わいました」

「バ、バカーッ！　誰が恋人だ、誰がぁー！」

叫ぶなり真広は枕をつかみ、見目麗《みめうるわ》しいご尊顔《そんがん》に向かって思いっきり叩きつけた。

せめてもの報復のつもりだったのだが、ものが羽枕では、爪の先ほどの効果もない。

傍目《はため》には、単なるバカップルのじゃれあいでしかなかった。

5

二度目のセックスはそれはそれは強烈で、真広は自分の気持ちも定かにつかめぬまま、レオンハルトのペースに押しまくられて、ずるずると関係を続けてしまっていた。

（マズイよなぁ、これって……）

イマドキの若者らしく、お軽く人生を楽しんでいる真広の、とりとめのないぼんやり顔はなんとも珍しく、否応《いやおう》なしに周囲の心配を誘うのだ。今朝も、ふわとろ半熟卵のオムライスをぼそぼそと口に運んでいると、真白《ましろ》がお母さん代わりのお説教をはじめる。

「真広さ、あんまりあの人に会うの、私、よくないと思う。延々だまし続けるってことじゃない。そーゆーの、ストレスになるよ」

「ん、けどまあ、親父の会社のこと、なにかと相談してるから……」

さすがに、経営コンサルティングが専門だけあって、レオンハルトの指摘はいちいちもっともで、経済学部の真広には色々と勉強になる。

とはいえ、おまけのベッドでのお勉強のほうが、より熱心というのが問題なのだが。

「身代わり、バレたりしないかな？　それとか、真広に妙な興味とか持たれたら……」

妙な興味、という言葉に、真広の心臓がバクンと跳ねた。

「や、男同士でそれはないから」

慌てて誤魔化《ごまか》す真広だが、相手が半身の真白となると、そう簡単にはいかない。

「あるよ。電車に乗れば痴漢にあうし、バレンタインデーのチョコの四分の一は男からだって、忘れたの？」

「わー、よく覚えてんなぁ」

双子の勘なのか、やはり真白がいちばんの難関だ。

それでも、朝食の席に父親がいないのは、帰宅もせずに資金繰りの算段をしているからで。父親想いの真白は、色々と疑念は残しつつも我慢するしかないと、自分を無理やり納得させているようだ。

「でも、絶対に気をつけてね！」

びしりと念を押されて、真広は、はあぃ、と気の抜けた返事をする。

忠告は遅きに失した。もう真広は、狼さんに美味しく食べられてしまったあとなのだから。


週末、レオンハルトはたまには外に出ましょう、とデートに誘ってくれた。

海がいい！　との真広の要望に応えて、レオンハルトは自ら車を出してくれた。

ポルシェ911カブリオレのオープン走行ならではの爽快感を存分に味わいながら、夏定番の海岸へのドライブと洒落《しゃれ》込んだ。

お行儀のいい伯爵様を放り出して、真広は裸足になって、浜辺に打ち寄せる波と戯《たわむ》れている。

「ね、執事とか秘書とかは、連れてきてないの？」

黒い車体に寄りかかる、今日もまた黒ずくめの男を振り返りながら、真広は問いかける。

「え？　だって、車は二人乗りですよ」

「うーん、けどさ、お坊ちゃまを心配して、こっそりあとをついてきてるとか。ついでに、照明係とかも引き連れてない？」

「照明係、ですか？」

「うん。でなきゃ、自前で発光装置持ってるとかさ」

珍妙なことを口走りながら、周囲を見回すものの、屋内ならまだしも、広々とした海岸とあっては、ロケ車両も照明スタッフも隠しようがない。

「なんのことですか？　意味がよくわかりません」

レオンハルトが怪訝《けげん》な表情をするのも当然。妙なことを訊いている自覚はある。

「いや、まあ、なんつーか……」

最初は錯覚かと思ってはいたのだ。

だが、回数を重ねれば、自分の目を疑うのも難しくなる。

人為的なものではないとなれば、やはりあれかな、と幼いころのことを思い出す。
ほんのたまに見えていた——人を包み込むように、もしくは人の身体から湧き上がるように、真広の目に映ったあれ。

「ん、信じらんないだろうけど。なんてーのかな。俺、ガキのころ、オーラっての……ゲームのキャラなんかがめらっと炎が燃えたりするじゃん、あんな感じのが見えたんだ」

「オーラ……ですか？」

「うん。本当に子供のころな。いまはぜんぜんなんだけど……」

そこで真広は言葉を切った。この話をするには、どうしたって真白のことに触れないわけにはいかない。『妹』という表現で押しきればなんとかなるだろうと、口を開く。

「誰にでもってわけじゃなくて、俺の妹に関わる人間にかぎられてたんだけどね」

「妹さん……ですか？」

不思議そうな表情をしながらも、真広の話を理解しようとレオンハルトは耳を傾ける。

「うん。妹に好意的な人だと後光が差してる感じで。逆に、悪意を持ってるやつだと、闇みたいなのに包まれてた」

遠い記憶を探るように、真広は足元の砂を爪先で蹴って掘り返す。

自分があのころ見ていたものが、本当にオーラだったのか、幻覚にすぎなかったのかも、いまはもう判然としない。明るさを感じることが大半だったから、真白に向けられる好意を光のようなものと錯覚していたのかもしれない。

だが、あのときは違った……。

「小学校に入ったばかりのころさ。近所に引っ越してきた男が、すっごくやな感じのオーラを発してでさ」

ぱっと見には、気さくで優しそうな男だった。

引っ越し蕎麦《そば》を持って挨拶に来たときに、真広と真白はたまたま玄関脇で遊んでいた。

男の手が、真白の頭を撫でた瞬間、どす黒い影のようなものが男の全身を覆って、真広は総毛立つような恐怖を覚えた。

だから、真白には絶対にあの男には近づくなと警告した。学校の行き帰りも、男の住むマンションの近くを通らないようにと、真白の護衛をし続けた。

「そいつ……女の子をマンションに連れ込んで、悪戯《いたずら》しようとして、捕《つか》まったんだ」

真広があの男に見ていた闇は、幼い少女に向ける邪《よこしま》な情念だったのかもしれない。

「なんか、念っての？　そういう気配を感じてたのかなーって」

「ふうん、そうですね。人はどれほど外面をつくろっても、品性まで隠しきれるものじゃない。自然と視線や語調や態度に滲《にじ》み出るものです。それを幼いきみは、光や闇という形で捉えていたのかもしれませんね」

「うん、そう……。そんな感じかな」

「特に、妹さんはきみにとって大事な存在だから、彼女に向けられる好悪の感情に、敏感に反応したんでしょう」

「ん……」

生まれたときから、そばには真白がいた。

優しくて、可愛くて、素直で、いちばん大切な少女。

けれど、幼い真広には、邪悪《じゃあく》な大人の手から真白を守るだけの力がなかった。

不気味なオーラを見ることによってだけ、真白を危険から遠ざけることができたのだ。

「そういえば、共感覚というのを、聞いたことがあります」

「なにそれ？」

唐突に出てきた聞き慣れない言葉に、真広は怪訝そうに問い返す。

「人間の五感というのは、成長過程で分化されていくのですが、まれにそれが分化されきれずに、五感が相互に絡みあって反応する人がいるそうです」

「……って、意味わからん」

「音を聴くと色が見える『色聴《しきちょう》』や、印刷されている黒い文字に色を感じる『書記素色覚《しょきそしきかく》』とか、現れ方はさまざまなようですが」

「はあ、音を聴いて色が見えるねぇ」

「それらを称して共感覚というのですが、中には人の感情に色が見える人もいるとか」

「感情に色がぁ？　それって、五感がどうこうって問題じゃないじゃん」

そういうのダメ、と真広はうんざりと肩をすくめる。

「いや。意外と他人の感情は見えるものですよ。下心がありそうとか、裏のない人だとか、雰囲気でわかるでしょう」

「それは、そうだけど。妹なんか、俺と同じ顔だけど素直だってのは丸わかりだもんな」

「相手の微妙な目つきや語調とかを、視覚も聴覚も嗅覚も使って感じとって、それを色という形で判断しているとしたら、感情の色が見えるという理屈になると思いませんか」

「や、なんか、難しくて、よくわかんねえ。けど、俺が見てたオーラも、その……なに、共感覚だっていうわけ？」

「共感覚は、子供のときにはあっても、成長するにしたがって消える場合が多いともいわれてますから。きみの場合は、それに当てはまりますよね」

「ふうん……。俺は共感覚とやらで、人の感情を光や闇に捉えてたのか」

難しいことはわからないが、それでも、超能力とか霊感めいた摩訶《まか》不思議な力でないことに、ほっとする真広だった。

「俺、オカルトっぽいの、超苦手なんだ。節《せつ》なんかゲームオタだから、そーゆーのにも詳しいんだけど、あいつは遊びって割りきってるから。けど、中にはマジで霊感とか信じちゃって、妙なサイトとか立ち上げてるヤツもいてさ、どん引くってゆーか」

「きみは、いまを楽しく生きてたい派だから」

「そう。来世の救いより、現世の楽しみだよ、絶対に。だから、オーラが見えるなんてことも、他人には言えなくてさ」

決して不思議な力ではなく、ただ鋭敏に他人の感情を捉えて、分化しきれていない子供の脳が、それを光や闇として認識していただけなら、ちゃんと理論の裏づけになる。

なんだか、長いあいだのもの思いから解放された気分だ。

「ああ、思い出した。両親や友達にはたいてい明るいオーラが見えてた。そうだ……節のがいちばんキラキラしてた」

成長したいまとなっては、その光の断片さえ捉えることはできないが、節の態度を見ていれば、その想いが誰に向かっているかくらいはわかる。

幼いときには気づけなかった、人が内面に抱えるさまざまな感情を察することができるような歳になったから、自然とオーラは見えなくなったのかもしれない。

「節くんとは、このあいだ、大学でお会いした、きみの幼馴染みですね」

「そう。あいつ、妹が好きなんだ。なのに、告白もできねーんでやんの」

言いつつ顔を上げれば、黒い服を取り巻いて輝く光の粒子が見える。

それは、そもそもの出会いのラウンジで、最初からレオンハルトを照らしていたもの――何年ぶりかで目にする、美しい、美しい、オーラ。

「妹もたぶん、節のことが好きなんだ。てか、この男には自分がそばにいてやらなきゃダメって、責任感ってか、母性本能みたいな感じ？　だから恋人も作らないで、告白されるの待ってんのに、節、めっちゃヘタレだから」

子供のころから無愛想の節は、決してつきあいやすい相手じゃなかったが、それでも腐れ縁を続けていこうと思えるほど、真白に寄せる気持ちは純粋だった。

あの鮮《あざ》やかな光が、それを物語っていた。

誰よりも真白を大事にしてくれる男だと。

(でも……)

それなら、いま見えているこの輝きはなんだろう？　と真広は目を瞬かせる。

幻覚だと思い込もうとした。黒い服を着ているせいで、かえって夏の陽射しがくっきりとしたシルエットを描くから、それが光のように感じられるのだろうと。

でも、違う……。これは昔、節に見ていたオーラと同じ種類のものだ。

「あの二人は、絶対にお似合いだよ」

だから、レオンハルトが見合い写真で一目惚れした相手が真白であろうと——その気持ちがどんなに一途《いちず》であろうと、認めるわけにはいかないのだ。

伯爵様がライバルとなれば、ただでさえオクテな節は、片恋すらあきらめてしまうだろう。

「……って、なに語ってんだろ、俺」

へへへー、と誤魔化し笑いをしてみても、頬の筋肉が引きつるような感じがする。

「きみのことなら、なんでも知りたいですよ、私は。それで、どんなオチなんですか？」

「オチ、って？」

「だから、私も光を発してるんじゃないかと。きみを想う、一途で純粋な愛のオーラを」

「あー、またかよ。本当に自信満々だな」

違うからー、と呆《あき》れたように手を振るが、鼓動は早鐘のように高鳴っていく。

まさに、自分に向かってくるレオンハルトの背後には、夏の陽射しの中でもなお、くっきりと輪を描く燐光《りんこう》が見えるのだ。

「おや、違うんですか。それは残念」

大きな手が伸びてきて、まるで拗《す》ねた子供をあやすように、真広の頭を撫でる。

「私の心がきみに向かって光を放っているのなら、どんなに嬉しいでしょう」

瞬間、胸の中が、なにかひどく澱《よど》んだものに支配されたような気がして、息が詰まる。

これは自分に向けられる言葉ではない。

本来なら、ここにいるのは真白で、レオンハルトの言葉も、優しい指先も、瞳の情熱も、すべて真白に向けられているはずなのに。

（うそなのに、こんなこと……）

身代わりの見合いなんて、バカなまねをしなければよかった。こんなふうに人をあざむいて、いいはずがない。それも、なにも知らぬまま、まっすぐな気持ちをくれる男を。

だったら真相を打ち明けてしまえばいい。

本当の相手は、妹の真白なのだと。自分はただの身代わりで、『ヤヒロ紡績』のために、なんとかレオンハルトの気持ちを引き止めているだけなのだと。

事実を知ったとしても、この男なら私憤《しふん》に駆られることはないだろう。

「どうかしましたか?」

なのに、言えない。

言ってしまえば、レオンハルトの気持ちは、真実の一目惚れの相手に向かってしまう。

「なんでも……。俺、腹、減っちゃった」

「では、食事に行きましょうか。新鮮な海の幸でも」

涼を求める人々が行き交う海岸で、衆目《しゅうもく》も気にせず、恥ずかしげもなく真広の手を握る。男同士で手を繋いで歩く、そんなことさえレオンハルトは楽しんでいる。

なんで言えない?

なんで黙ってる?

いつまで、この男をだまし続けるのだ。

狡《ずる》いとわかっているのに、ギリギリまで真実を告げられないだろうことを、真広は心のどこかで自覚していた。

「うわー。なんか、色気ねー部屋」

その夜、連れられていったのは、レオンハルトが会社の近くに借りているマンションだった。

天然石を随所にあしらった外観にセレブ感が漂っているが、内装は素っ気ないほど実用的で、仕事用デスク以外には、寝に帰るだけの場所だと主張するように、キングサイズのベッドばかりがやけに悪目立ちしている。

冷蔵庫の中身も推《お》して知るべしで、ドイツ産の黒ビールしか入っていない。その名もシュヴァルツビア。

「実家は味わいがありますよ。平屋建て数寄屋《すきや》造りの純日本家屋ですから」

どこまでも黒にこだわる男が、ぽんと軽く栓《せん》を抜いて、瓶のまま渡してくれる。

「それって、広尾《ひろお》か麻布《あざぶ》あたりのお屋敷街で、千坪くらいの敷地があるんだろう?」

「千坪は当たらずとも遠からずですが。深川《ふかがわ》です」

「深川……って、下町っぽいね」

「はい。なので、三代目の私はちゃきちゃきの江戸っ子です。父は『ひ』が上手く発音できない懐かしの江戸弁をしゃべります。でも、傍にはドイツ訛《なま》りだと思われているようですが」

「ひゃははは｜。それ、超受ける｜！　金髪の江戸っ子かよ。イマドキ『ひ』が発音できない人って、マジでいるんだ」

ビールを一口飲んで、唯一、腰を落ち着けることのできるベッドに陣どる。

並んで腰掛けたレオンハルトが、マジです、と答える。

「私は完璧な標準語ですが。その気になれば、ドイツ語でさえカタカナでしゃべれますよ」

「やべー、面白すぎ。そういえば、ダンケルって社名もカタカナを意識したんだっけ」

「ええ。暗闇という意味です」

レオンハルトの答えに、真広の笑いが固まった。

そういえば、苗字のシュヴァルツマイヤーは『暗黒の管理人』の意味だとか、節が言っていたのを思い出す。どんなご先祖様だったか知らないが、薄暗い名前に、戦いに明け暮れた国の歴史がかいま見える気がする。

――私も光を発してるんじゃないかと。

ふと、昼間のレオンハルトの言葉が、耳に蘇《よみがえ》る。

――きみを想う、一途で純粋な愛のオーラを。

あれは、自信からではなく、どんよりした名を持つ一族ゆえの、光へのあこがれが言わせたのかもしれないと思う。

（そうだって、言ってやればよかったかな）

再びつのる後悔が、胸を重く塞ぐ前に、真広は無理やり明るい話題を引っ張り出す。

「あー、じゃあ、名前にまつわる話、俺のも聞かせてやるよ」

「なんです？」

「親父、本当は俺に、真昼《まひる》って名前をつけるつもりだったんだって」

「まひる……昼間のことですか？」

「そう。男の子なら真昼、女の子なら真白、そう決めてたのに、出生届を出そうって段になって、ど忘れしたんだって。そんで会社の名前が『ヤヒロ』だろ、そっちとごっちゃになって、真広にしちゃったってオチ」

わざとらしく笑って、ビールをあおる。ごくりと嚥下《えんか》する、その喉の動きを、なやましく流し見ながら、レオンハルトが隣で呟く。

「では、『真昼』が真実の名前ですね」

「なに？」

「お父さんが本来つけたかった名前——それがきみの魂《たましい》が持つ名前」

「魂の名前……？」

「本名以外に魂の名前をつける風習が、ウォルフヴァルトにはあるそうです。中世の騎士達は、名前を敵に知られると、操《あやつ》られると信じていたので、両親以外は誰も知らない名前をつけていたのだと。特に大公家をはじめとする貴族の家系では、いまも密かに守られているとか。我が家は、苗字自体が本性を表しているので、縁がありませんが」

「ああ、それ知ってるわ。暗黒帝アーベントが持ってる力だ。他人の名前を言霊《ことだま》で縛って、自分の意のままに従えることができるんだ。でもって、なんとか炎天使《えんてんし》フレアの真実の名前を探ろうとしてるんだぜ」

その手のどこか不思議系アイテムなら、節から山ほど聞かされている。

「けど、ウォルフヴァルトって、そんな迷信が残ってるんだ」

「迷信とばかりはいえないでしょう。人は多かれ少なかれ、名前に影響されるものです。だから、きみは昼の太陽のように輝いて見えるのかもしれない」

「そーゆーの、信じるタイプ?」

問いかけに返ってくるのは、自嘲《じちょう》の笑み。

「そうですね。私こそが名前に縛られているので」

「苗字も……黒っぽいんだよな」

「そう。シュヴァルツマイヤーの家系は千年前にさかのぼる。ウォルフヴァルトに敵対する者を排除するために結成された、ドゥンケルという秘密結社の一員でした」

闇に生きた祖先を語る声音が、妖《あや》しく真広の鼓膜を揺らす。

どこか呪文を唱えるかのようなそれに、意識が奪われていく。

そのままゆっくりと覆いかぶさってくる男の唇が、耳殻《じかく》をねっとりとなぶる。

手に持ったビールがヤバイと思ったときには、ベッドに押し倒されていた。幸い瓶は空になっていたが、真広の身は大いに危ない。

「敵を排除するのに手段は選ばない。諜報《ちょうほう》や暗殺目的の……歴史に名を残すことを許されない者達、それが私の先祖」

「暗殺……？」

冷酷な話を語りながら、でも、シャツの前をはだける指先は、あたたかい。

「私は狼《ウォルフ》の忌《い》み名を持つ民の中でも、さらに闇の存在として暗躍《あんやく》してきた一族の、末裔《まつえい》」

視線を奪うのは、青を含んだ銀灰の瞳。

「で……どっぷり薄暗い話しながら、なにしてんの、あんた？」

呆れて言いつつ、真広は視線を自分の胸元に落とす。

レオンハルトの指は、小さな尖りを摘《つま》んだり潰したりして、深刻さとはほど遠い焦《じ》れったいような疼きを生み出している。

「ええ、かなりダメージを受ける話題なので、気持ちだけでも高揚《こうよう》させようかなと。ゲームでいうところの復活のアイテムですか」

「男の乳首弄《いじ》れば復活って、すっげーお手軽ってか、それ、普通の男なら復活しないし」

「こんなに楽しいのに？」

薄く笑む男は、胸への悪戯を続けるあいだも、もう一方の手を真広のカーゴパンツの中へと差し込んで、危うい狭間《はざま》を撫でている。

「乳首はともかく……後ろ、弄りたいやつは、そうはいないって……あ、んんっ……」

「いまの声で、淫魔召喚《しょうかん》してしまいました」

「も、バカッ……。……ふ、あっ！」

柔襞《やわひだ》を掻き分けてぬぷりと入り込んできた指が、卑猥《ひわい》な動きを開始して、真広の憎まれ口を、甘ったるい喘ぎに変えていく。

（ああ、もうー。なんでこんなに感じるかな……？）

男には前立腺がある。そこを擦れば感じるものだと、理屈ではわかっていても、実際に体験してみると、自分の中にそれほど敏感な場所があるのが不思議になる。

それはレオンハルトも同じなのか、夢見るように目を細める。

「本当に感じるんですね。きみのここは」

「う、んっ……。し、知るかっ……」

「ふふ、意地っ張りのきみも、なんとも可愛い。この一週間、写真だけで楽しんできましたが、ああ……やはり、生の感触はすばらしい」

うっとりと言う男の指は、一本、また一本と増えていき、敏感な内部で戯《たわむ》れのダンスを踊りはじめている。

「な、なに？　写真って……」

「きみの見合い写真ですよ。自慰というのを初めて経験しました」

「えっ？　う、うそ……」

伯爵様へのご奉仕はメイドが定番——ではなくて。ここは、妹で抜くとは許せん！　と怒るところのはずなのに、頭を占めるのは、本当に抜いたのか？　という疑問ばかり。

「きみと会って以来、私は驚きの連続です。あんなことを自らするなど……」

もしもきみが、と真広の手をとり、やおら自分の前へと導いていく。

「その手と唇で、ここを愛撫してくれたら、アヴァロンを吹き飛ばすレベルにまでアップする気がします」

「そ、それ、無理……。俺が萎《な》える、たぶん」

「ひどいなあ。じゃあ……」

ぬるり、と中で蠢《うごめ》いていた指が引いていく感触にさえ、んっ！　と甘い嗚咽《おえつ》が漏れる。

「挿《い》れていいですか？」

まだ準備は足りていない。もっとほぐしてからでないと、つらいのは真広なのだ。

なのに、唇は勝手な欲望を吐露《とろ》する。

「いいよ……。俺で、イッて……」

真白ではなく俺で、と心のどこかでねだっていることが信じられないのに、両手は勝手にレオンハルトのプラチナブロンドに絡んでいく。

ずくん、と双丘に触れているものが一気に脈打って、質量を増す。

それが嬉しい。それがやるせない。

自分に感じているのだと思うと、やましい情念と充足が指先までも支配していく。

「俺も、ちょっとヤバイかも……」

「ヤバイ?」

「なんか……ハマりそう。ちょいワル願望っての? 禁忌に魅かれるってゆーか」

「禁忌ですか。そうですね、人は背徳に魅かれるものだから」

「ん、そうみたい。不倫とか同性愛とかって、許されない愛だからこそ燃える、って感じ」

「では、ハマってください。私はハメるほうですが」

「もう、こんなときに笑かすなって……あっ……?」

レオンハルトは、カーゴパンツも下着も足首にだらしなく絡まったままの両脚を抱え上げて、
熱い先端を押しつけてくる。

「わかりますか、私の興奮が? 暗黒帝も改心するほどの恋のパワーが」

「うわー、炎天使フレアもびっくりだ。てか、敵味方だから萌えがあるんで……」

「余裕ですね。では、暗黒帝のままで」

ふふ、と低く笑んだ男が、ゆるりと無謀な侵入を開始する。まだ強張りを残した襞を割って、
強引に押し入ってくるものは、蒸れるような熱を発散させて、ただひたすらいやらしい。

ぞっ、と肌を粟立《あわだ》たせ、真広はシーツの上で胸を弾ませる。

「……ッ……、あんっ、く、来る……！」

快感をともなって進んでくるものに、粘膜はとろけて巻きつき、身代わりでしかない身体が、燃える、感じる、悶えまくる。

のけ反った瞬間、潤んだ瞳に映るのは、レオンハルトが発する感情の煌《きら》めき。

そのうちに秘めた、情熱の証《あかし》。

黒シャツの乱れた前から覗く胸元もなやましく、汗の雫《しずく》の一滴までも美しく、腰を使う男の色香に目が眩《くら》む。

「ああ……いいですよ。私の……真広」

うっとりと夢見るような声音で、名を呼ばれるたびに、なにかが身のうちで震える。

深く穿《うが》たれる場所よりさらに強く激しく脈打つ胸の、悦《よろこ》びと痛みが入り交じったような、この切なさはなんなのか。

鮮やかすぎるレオンハルトの恋心を見たくなくて、ぎゅっと真広は目をつむる。

それが、誰に向かっているものなのかを、認めるのがいやで。

6

「お？　リムジンだ。すげー黒塗り」

自分の家の前に、あまりにその場に似合わぬベンツのリムジンが停まっているのを見つけて、真広は一瞬、胸をときめかせた。

（レオか？　でも、まさか……）

残念ながら玄関から出てきたのは、暗黒帝アーベントより、さらに周囲から浮きまくりな風貌の男達だった。真っ黒な背広にサングラス――シークレットフロアで見かけたなら、どこかの国のSPだと思うような集団に取り囲まれて、ひときわ異彩《いさい》を放っている男は、たぶん中東あたりの御仁《ごじん》だろう。豪奢《ごうじゃ》な刺繍《ししゅう》の縁取りが施された丈の長い上着と、頭に被ったまっ白な布を、悠然と風に翻《ひるがえ》すさまの、なんと見事なことか。

玄関前を占領されてしまい、唖然《あぜん》と立ちつくす真広の姿に気づいた男が、おや？　と視線を流してくる。

「マー アッサラーマ」

挨拶の言葉なのだろう、呪文のような言葉をつむぎながら、優雅に額から胸へと指先を流して、あちらふうの礼の所作をする。

「あー、こ、こんにちは」

真広が反射的に挨拶を返すと、尊大な印象の口元をわずかに緩ませて、笑む。

頭を覆う布からこぼれた黒髪と、鋭い目つきが印象的だが、年のころは二十代半ばか、もっと若いかもしれない。

かなり身分の高い男なのだろう。まるで映画のワンシーンのように、周囲を警戒する黒服集団に守られながら、リムジンに乗り込んでいく。『ヤヒロ紡績』は中東の民族衣装――トーブやアバヤを作るための生地をあつかっているから、その関係だろう。

走り去っていくリムジンに、思いっきり排気ガスをかけられて、ブホブホとむせながら、ただいま、と玄関に足を踏み入れる。

「真広、ちょっと来てくれ。話があるんだ」

奥のリビングダイニングから、父親の声が呼ぶ。一瞬、身代わりがバレたか？　とギクリとした真広だったが、客が来ていたのだから、話はそのことだろうと思い直す。

（なんか、いちいちレオのこと考えちゃうあたりが、ちょっと意識しすぎじゃね）

それにしても、生真面目な父親が、会社ではなくわざわざ自宅に、ご近所さんを驚かせるようなお客を連れてくるとは、珍しいこともあるものだ。

四人掛けのダイニングテーブルの上に、アラビア文字らしきロゴの入った大判の封筒が置かれている。父親は、どこか考え込むような様子で、手にした書類を見つめている。

何気にいつもより楽しそうにキッチンで夕餉《ゆうげ》の支度をしていた真白が、真広が定位置に腰を下ろしたタイミングで、すかさず氷たっぷりの麦茶を出してくれる。

「暑いねー。はい、麦茶」

ありがたくグラスに口をつけたとき、父親がぼそりと言った。

「おまえ、玄関ですれ違っただろう。あれはバハール首長国の王子《アミール》、サイード殿下なんだ」

「バハール……首長国？　アミール？」

なにそれ？　どこのお伽噺《とぎばなし》と目を丸くした真広に、父親は渋い顔で告げた。

「中東の小国だが。『ヤヒロ紡績』と合併したいと言うんだ。どう思う、真広は？」

真広は飲みかけていた麦茶を、ブフーッと盛大に吹き出した。


昔の人は言いました。うまい話には裏がある、と。

「バハール首長国……と、これだな」

節の指が軽やかにキーを叩くと、パソコンの画面に見慣れぬ国のサイトが表れた。

「ふうん。湾岸諸国の中でも小さいほうだな。あ、けど、石油の産出量は多い。日本もいいお客さんだな——ってか、この国のアミールとなると、国家レベルの要人ってことになるぞ」

オイルマネーで潤った海沿いの首都には、超高層ビル群が延々と続いている。

「へえ、すげーな。こんな国のアミールが、なんでウチみたいなちっぽけな会社を？」

父親からあずかってきた分厚い書類を手に、真広は、うーん、と唸る。

会社名は『ヤヒロ紡績』をそのまま残す。社長は留任させる。全従業員を継続雇用する。事業拡大やコストカットのさいには、社長の決裁を仰ぐ。シナジー効果が実現した場合には譲渡側にも適正配分する……等々。並べられた条件は、あまりに『ヤヒロ紡績』に都合がよすぎる。

「これだと、バハール側はこっちの負債を抱え込むだけみたいだろう。その上、研究開発費も出すから、いままでどおりやってくださいって、そんな旨い話があるか？」

「書類上はそう見えるな。ひとつ気になる点は、バハール側が『ヤヒロ』の株式の百パーセント取得を要求してるってところかな」

「つまり、役員とか送り込んでこれるわけだよな。そしたら口出しするよな」

「どうだろ？　講義なんかサボってばかりだから、そっちの知識は期待するな」

経済学部の学生二人が、額をつきあわせて考えているのだが、楽しいこと大好き男と、ゲームオタクには、少々荷が重い。

「レオに相談してみるかな。中小企業主相手に経営のアドバイスもしてるって言うし」

何気に呟いたとたん、常から表情の少ない節が、わずかに眉をひそめた。

「そこまで……信用していいのか？」

「――って、どーゆーこと?」

これを見ろ、と節はキャスターつきの椅子を転がして、再びパソコンに向かう。

履歴の中から選んだのは、匿名《とくめい》の掲示板のようだ。『失業者が世界の中心で怒りを叫ぶ』なる、あまりセンスの感じられないタイトルが躍っている。

「それが、なに?」

「会社が潰れたり、リストラされたり、色々な理由で仕事をなくしたやつらが、愚痴《ぐち》を書いてる。ほら、ここだ。『弾蹴る』にやられた、とかあるだろう。これが『ダンケルコンサルティング』のことだ」

「え?」

「ネットに匿名で書き込むやつなんて、私情丸出しだし、クビを切られた恨み骨髄《こつずい》だから、話半分にしても『弾蹴る』はかなり恨まれてる。調べてみたが、あそこが関わったM&Aの顛末《てんまつ》は、たいてい社長解任、従業員解雇……で、最後は倒産だ」

「――――……!?」

真広は言葉を失い、驚きに目を瞠《みは》る。

だが、レオンハルト自身が言っていたではないか。

シュヴァルツマイヤー家は、闇の存在として暗躍してきた一族なのだと。諜報や暗殺を手がけてきたドゥンケルという秘密結社の一員で、敵を排除するのに手段は選ばないと。

二人きりの部屋なのに、節はなにかを気にするように、声をひそめて問いかけてくる。

「真広、あの男は、なんのためにおまえに近づいたんだ？」


——なんのために？　それはずっと頭の隅にあった問いだ。

レオンハルトは、見合い相手は当然だが、女だと思っていたはず。なぜ、男の真広が現れたことに疑問も抱かず、理由のひとつも問わず、つきあい続けているのか。

どうして？　なんのために？

『グランドオーシャンシップ東京』のラウンジ、そもそものはじまりの場所に、仕事中だというレオンハルトを無理やり呼び出して、真広はアミール・サイードが示した契約条項を見てもらっていた。ビジネスライクに書類を繰る仕草にも表情にも、いつもの気安さはない。一字一句を確かめながら、青灰色の瞳を鋭く左右に走らせている。

「……これは問題外です。まっとうな企業家なら、こんな条件は出しません」

レオンハルトは書類をテーブルに置いて、ついと顔を上げる。

抑揚《よくよう》のない声音、硬い表情——いきなり目に見えない障壁でも張られたかのように、常にない厳しさが見る者を射すくめる。これが仕事用の顔なのかと、真広は緊張に息を呑む。

「つまり……、勧めないってこと？」

あまりに『ヤヒロ紡績』に有利な条件を、肯定するのか否定するのか——それによって、レオンハルトの目的も知れよう。メリットもデメリットも説明してくれた上で、きちんと結論を出してくれるか。それとも、こんな話に乗ってはいけないと、うやむやに誤魔化して、これなら自分が買いとるほうがいいと切り出したなら、真の狙いは『ヤヒロ紡績』だという証拠になる。

「これは業務提携ではなく、単なる救済目的の資金提供です。サイードとかいうアミールは、よほどの慈善家か道楽者かアホですね」

「ア、アホって……」

「そうです。『ヤヒロ紡績』で前年比プラスを達成したのは、中東向けの紡績部門だけ。いいところに目をつけましたね。昨今は、東南アジアなどの安価な繊維製品も増えているようですが、中東でステイタスなのは、やはり日本製ですから」

「へえー？　そうなんだ」

「私ならその部門だけをバハールに売却し、他の部門は縮小——いや、廃業を勧めますね」

「え？　そ、それじゃあ、社員は？」

「むろんクビです。社長も退陣。社屋と工場はすでに担保になっているので、無価値ですからね。銀行がてきとうに処分するでしょう」

義務的に言い捨てるさまを前に、真広は声もない。

これが、甘く真広を抱くあのレオンハルトかと、ただ驚き見入るだけだ。

「それが私流のやり方です。安く買い叩き、利益の上がる部門だけを高値で売却し、残ったクズは潰す――そうやって『ダンケルコンサルティング』は、ここまで成長してきたのです」

そこで、レオンハルトは、ふっと小さく息をつく。すまなそうに真広を窺う目に、悪戯をして叱られた子供の素直になりきれない後悔のような色がある。

「だから、きみにはこの契約を勧めます」

言って、とんと書類に人さし指を立てる。

「これはバハールにとって先行投資でしょう。オイルマネーで潤っているあいだに、将来に必要なものを備えておく。合併のメリットは、独自のノウハウや人材を一括して取得できることです。ゼロから事業を立ち上げるより、時間もかからないし、起業リスクも少ない」

「じゃあ、バハールにも利益はある……？」

「むろん。アミール・サイードには、先見の明《めい》がある。そしてこの契約は『ヤヒロ紡績』にも、大いにプラスになるでしょう」

「手放しの褒めようだね。あんたんとことは、そんなに考え方が違うの？」

「違いますね。真逆というほど。私のところは、いわゆるハゲタカファンドですから。資金繰りに困っている中小企業を食いものにする」

レオンハルトは苦笑しつつ、首を横に振る。

「それ、自分で言う?」

「だから、暗闇《ドゥンケル》の一族なのですよ。いまは暗殺こそしないまでも、祖国のためにと自らの手を汚して生きてきた。日本の会社ひとつくらい潰すのに、躊躇《ためら》いなどありません」

列強諸国に囲まれた、中欧の小国、ウォルフヴァルト――世界中に散った民は、祖国に富をもたらすことに労を惜しまない。

農地もろくにないあの国に、誰も飢えることのない未来を約束するために。二度と国土を踏みにじられないために――闇で暗躍してきた結社の、レオンハルトこそは、その末裔。

「私は、祖先の生きざまを誇りに思う。思うが……ときどき息苦しくなる」

ほっ、とレオンハルトは息をつき、軍服の襟元を緩める。光沢のある黒地のそれこそが、闇の存在であることの証明。

「我らの祖国――ただひとつの故郷に焦がれ続け、でも、報われる日は、永遠にこない。伯爵位を賜《たまわ》ることで、表向きの地位は得たが、国民がシュヴァルツマイヤー家の真の意味を知ることは、決してないのだから」

目の前にいるのは、さっきまでの冷徹な企業家ではない。

ただ、戦うことに疲れ、待つことに倦《う》み、あきらめの境地に至った男。

「きみが見合い相手と知ったとき、私はこれが運命だと感じた。同性婚なら、むろん子供は望めない。私が背負ってきたもの――千年もの闇の血を、もう誰にも背負わせずにすむ」

「あ……」

同性を妻に選ぶのは、千年の昔に課せられた責務を、自らの代で放棄するという、決意の表れなのかもしれない。

「真昼という魂の名を持つ、きみ。きみこそが私の道標《みちしるべ》。私の闇を照らす一条の光」

伸びてきたレオンハルトの手が、真広の手の上にそっと重ねられる。

人としてのぬくもりが、胸に染み入る。

常に変わらず真広の目が捉える光輝が、切なく滲む。

「どうか私にきみの光を授《さず》けてほしい。もう二度と暗黒に呑まれずにすむように。人を傷つける生き方を、選ばないように」

言って、レオンハルトは、ゆるりと頭《こうべ》を下げる。

許しを請うように。祈りを捧げるように。深い願いを託すように。

「どうか私のそばで、導いてほしい。もっと美しく生きられるように」

静まりかえった家の中、照明が灯《とも》っているのはリビングダイニングだけだ。父親は今夜も会社なのだろう。真白だけが、ぽつんとソファに腰掛けている姿が、ひどく心許ない。

「お帰り、真広。遅いよ、もー」

真白も寂しかったのか、口を突き出して拗ねる仕草が可愛くて、真広はつい苦笑する。

「ごめん。でも、いい話聞いてきたから」

謝りながら、対面の席に腰を下ろす。

「あ、なになに？」

「アミール・サイードは信頼できる人だって。うちに有利な条件も『ヤヒロ紡績』の実績を買ってくれてるからで、バハールの将来を考えての先行投資だろうって」

「本当？　じゃあ、もうお父さん、銀行に頭下げて回らなくていいのね」

真白が、ぱんと嬉しそうに手を叩く。

「親父が承諾すればだけどね」

「お父さん頑固だからね。でも、よかった」

心底からの安堵の吐息を落として、真白は真広を見つめる。どこか母親を思い出させる懐かしい微笑みだ。そっくりの双子なのに、真白のほうが母親似だと、よく言われる。

そして、こんなふうに母親の面影が重なるとき、それは真白がなにか強い決意を秘めた証なのだと、真広は経験で知っている。

「私、節にプロポーズするよ」

ついにきたか、と緊張に息を呑んだ真広は、一瞬後に、なにか妙だと気がついた。

「節にプロポーズする、なのか？　プロポーズされた、じゃなくて？」

「されるの待ってたら、私、お婆ちゃんになっちゃうよ。節のほうから言ってくるわけないじゃない。あの意気地なしが」

きっぱり言って、ぷんと頬を膨らませる。

「や、でも、そーゆーのは男から……」

「いいの、私からするの。そんで、尻に敷いてやるんだ。もうコスプレとかゲームとかに、無駄なお金、使わせないんだから」

「あーらら……」

「だいたい、真広にコスプレまでさせてデート気分を味わおうとするくらいなら、私に言ってくればいいじゃない」

「はあ、まあ、さようで……」

ああ……女は勘が鋭い、と真広は視線を泳がせる。

節が真広に女装をさせようとしていた理由にまで気づいていたのかと、つくづく自分の片割れのすごさを思い知る。

「会社もなんとかなりそうだし、真広にも私より大事な人ができたみたいだから。これからは私、好きに生きまーす」

「いや、俺のは、そーゆーんじゃ……」

「え？　そーゆーんでしょう。真広、誰とつきあってたときより楽しそうだもん。べつにいいじゃない、男の人だって」

「けど……レオは、おまえが好きなんだぞ。一目惚れなんだから」

「見合い写真にでしょ。それに私には節がいるから、誰に言い寄られても迷惑だよ」

固い決心の表れで、真白は言いきる。もうずっと幼いころから、あの仏頂面《ぶっちょうづら》で人見知りの激しい男には、自分がついていてあげなければと思ってきたのだろう。

「だいたい節が、人嫌いになった原因、私と真広にだってあるんだよ」

「まあ、それはね……」

物心ついたときには、節には真広と真白がいた。家が隣というだけで、近所でいちばん可愛い二人を独占している節が、陰で嫌がらせをされていたことも知ってはいた。

だが、二人が節をかばえばかばうほど、よけいに節が恨まれる。

悪循環のあげく、節は面倒な人間関係を切り捨ててしまった。

生来《せいらい》の無愛想に拍車がかかり、立派な引きこもりオタクができあがってしまったのだ。

「私か真広がいっしょでなきゃ、ろくに遊びにも出ないなんて。一生、バーチャルの世界だけで生きてくなんて不健康すぎるもん。私くらい、そばにいてやらなきゃね」

「あーあ、なんか計画的な気がする。あいつ、無害そうに見えて、けっこう知能犯なんだぞ。最初から、おまえの同情心につけ込むために、引きこもってたとか……」

「いいよ、それでも。同情が愛情に変わるんなら、それもまたよしってことでー。じゃあ、ちょっとお隣に行ってくるね」

真白はさばさばと言って、立ち上がる。

「さーて、覚悟しなよ、節。佐竹《さたけ》のおじさんもおばさんも、私の味方だよーん」

鼻歌交じりにリビングをあとにする、最強の後ろ姿を見ながら、真広は咆《ほ》える。

「あー、クソ、もったいねー！　節なんかに真白をくれてやるなんてー！」

兄の欲目抜きに、真白はいい娘だ。

手放しで褒めてやれるほど、本当にいい娘だ。自慢の妹だ。

だが……。

「ま、いっか。もうじゅうぶんだよな」

いつまでも子供ではいられない。

二十歳になって、大人の仲間入りをして、そして道は自然に分かたれるのだ。

しっかりと手を繋いで、お互いだけを頼りにして、寄り添っていた子供の時代が、終わろうとしているのだ、いま。

もっとも、頭でどれほど納得しようと、胸を満たす寂寥感はどうしようもないけれど。

7

ここは『グランドオーシャンシップ東京』のフロントフロア。

自慢の英国庭園《イングリッシュガーデン》が見渡せるロングギャラリーふうの廊下には、年代物のヘップルホワイトの椅子がさりげなく置かれている。そのひとつにだらりと身体をあずけて、真広はレオンハルトを待っている。

「すべて世は、こともなし……ってか」

あれから一週間、それまでの不安がうそのように、あらゆることがいいほうへと転がりはじめた。父親はアミール・サイードと本格的な合併交渉に入り、『ヤヒロ紡績』の将来も、なんとかなりそうな雰囲気だ。

昨夜、真白にせっつかれた節が、宇奈月《うなづき》家にやってきて、父親の前に両手をついた。

——真白さんを俺にください！

デカイ身体を折って土下座する姿は、ちょっと見物だった。

真白からプロポーズされてようやくというあたりは、実に情けないが、それでも、恋人としての最低限のことをしたのだから、許してやろうと思う。

むろん、父親をはじめとして、佐竹夫婦も反対などするはずもなく。二人が親公認のつきあいをはじめたことで、谷口にもはっきりと見合いの件を断ることができた。

(これで、俺もお役ご免だな)

もう真白の身代わりをする必要もない。

でも、あとひとつ、やらなければならないことが残っている。

ずるずると引き延ばしてきたが、節も男らしく頭を下げたのだから、真広だって見習わなければと、今朝方、レオンハルトにメールを送った。

——大事な話があるから会いたい、と。

今度こそ、真実を告げる。どんなに罵《のの》しられようと、これは真広が負うべき責任なのだ。

それでも、胸は緊張にばくばくと高鳴っている。顔を合わせる前からこれでどうする、と自らを叱咤しているところに、聞き慣れた声が優しく真広を呼んだ。

「遅くなりました。日本在住のウォルフヴァルト企業家の会合があったもので」

ゆるりと歩み寄ってくるレオンハルトは、今日もまた、暑苦しそうな軍服姿だ。

「会合……って、そーゆーカッコウの人がずらりと並ぶわけ?」

「正装ですので。そのほうが貴族や騎士は、互いの立場を確認できるんです」

「ふうん」

二十一世紀のいまにもなっても、特権を持つ貴族階級が厳然として存在する国。騎士などという言葉が、当然のように使われている国。やはりどこか日本人には馴染まないが、それがお伽の国ではないことも、なんとなく真広にはわかってきた。

光があり、闇がある。

人間に欲望がある以上、きれいなものばかりでできている夢の国などありはしない。レオンハルトは、そんな世界の夜の領域《ディ・ナハト》に生きることを選んだ男。

「それで、大事な話とはなんでしょう？　ついに私の想いを受け入れてくれると……」

真広は立ち上がり、ホテルご自慢の庭を見下ろしながら、背中でぽつりと言った。

「そうじゃないんだ、俺のことじゃなくて……。妹の真白が、節と婚約したんだ。結婚前提のおつきあいってやつ」

「ああ。そのことなら、谷口氏から連絡がありました。せっかく私が気に入った相手だったのに、申し訳ないとかなんとか……」

「うん。マジで……悪いことしたと思ってる。けど、節なら、きっと誰より真白を……」

声が掠れる。喉が詰まる。鼓動が速まる。

眼裏が熱くなって、ぎゅっとつむったとたん、眦《まなじり》にぬるいものが溜まる。

「真白を、絶対に幸せにっ……！」

みっともない。こんなところで泣き出すなんて、と唇を嚙み締めたとき、すっかり馴染んだ手のぬくもりが、そっと肩を抱いた。

「妹さんが……好きだったんですね」

「……え……？」

「兄妹、という意味ではなく」

耳朶に落ちる囁きに、断罪の響きはない。

だが、それは真広を驚愕させると同時に、激高《げっこう》させるにあまりある言葉だった。

「な、なに……？」

「ナルシストでもシスコンでもない。鏡の中に映った、妹さんの顔が好きだっただけ――ただ真白さんに恋しているだけ」

なにを言っている。真白に恋なんて、どこからそんなふざけた考えを引っ張り出してきた。

眼裏がまっ赤に染まったかと思うほど苛烈な怒りに、言葉よりさきに拳《こぶし》が飛んだ。

むろん、暗闇《ドゥンケル》の一族を自負する男に、軽々とかわされてしまったが。

「に、逃げるなっ！」

「いくらなんでも、それは理不尽ではないですか。まあ、私を殴って、それできみの気がすむなら、一発くらいはいいですけど」

「気はすまないけど、殴らせろっ！」

苦笑したレオンハルト目がけて繰り出した二発目のパンチが、端整な顔にヒットした。

拳に伝わる全力で人を殴りつけた感触は、だが、決して心地いいものではない。

怒りも消えない。ざわめく不安もなくならない。だが、それ以上に、胸を覆う寂寥感が痛い。

「バカ、言うなよ。俺が真白をなんて、あるわけない……」

呟きさえ、弱々しく掻き消えていく。

「自覚がないわけじゃないんですよね」

「……………」

ふざけるな、と真広は内心で訴える。

自覚なんて、そんなもの、ありすぎるほどある。

生まれたときから、ずっといちばんそばにいた——いや、それどころか、生まれる以前から、母親のお腹の中で、ともに命をはぐくんできた二人だ。

いっしょにいるのが当たり前の存在。

優しくて、可愛くて、素直で、いちばん大事な少女。

助けあい、守りあい、かばいあい、愛しあう——それが、当然だった相手。

自他ともに認める堂々のシスコンと、真白の肩を抱きながら開き直っていたから、かえって誰も気づかなかっただけ。気づかれないように、ひたすら押し殺してきた、想い。

たぶん、幼馴染みの節でさえも、そこまで本気だとは思っていまい。

「……なんで？」

わかったのか、と肩を落とした真広は、絨毯《じゅうたん》の柄を見るともなく見ながら、問う。

「きみが、自分で言ったんですよ。ちょいワル願望だと。禁忌に魅かれるのだと。許されない愛だからこそ燃えるのだと」

「それは、だって、同性相手のことで……」

「どちらも禁忌という意味では同じ。心のどこかに、真白さんへの罪悪感があったのでは？」

「……ッ……」

「きみにとって重要なのは、真白さんだけだった。それでもよかったんです。どんな理由でも、きみといっしょにいられる時間は、私にとっては奇跡だった」

「俺っ……！」

絞り出すように吐き捨てながら、真広は両手の拳で顔を覆う。

なにかを言わなければいけない。

謝罪、後悔、言い訳——でも、なにひとつ上手く言葉にならない。

そんな真広の肩を抱き、レオンハルトは周囲から隠すように窓辺へと歩み寄っていく。

咲き乱れる薔薇《ばら》園の艶《あで》やかなさまを、遠目に望んでいるふりをしながら、真広の耳に語りかける声は、染み入るように優しい。

「真白さんは、本当にきみにとって特別だったんですね。だから、他人が真白さんに向ける好悪の感情にも、敏感に気がついた。それがオーラという形で、本当に見えたのか、それとも見えたと思っていただけなのかは、私にはわかりませんが。でも、それが結果的には、真白さんを守ったんです。真白さんを狙う邪な男を退けた」

そう、少なくとも悪意からは守った。だが、好意からは？

この歳まで真白が恋人の一人も作らなかった理由には、節への想いもあったかもしれないが、かなりの部分は、自分の眼鏡にかなう男でなければ妹は渡せないと、真広が兄としての身勝手な言いぶんを振りかざして、寄ってくる連中を牽制《けんせい》していたせいだ。

中には、真白を本当に好きだった男だっていたはずで——本気なら本気なほど、真広はあえて近づけまいとしてきた。

「俺は……」

妹に恋したのはもうしかたがない。

確かに真白は誰よりも可愛かった。他の女たちがかすんで見えるほどに。

だが、それを隠して、真白に近づく男達を、兄の権利を振りかざして邪魔してきたのは、あまりに姑息《こそく》すぎる。

（なんて、みっともねーんだ、俺……）

情けない。恥ずかしい。

妹の幸せを願って当然の立場でありながら、勝手な想いで真白を縛りつけてきた。

真広がいちばん好き、と邪気もなく慕ってくれる少女を——本来ならもっと早く、ふさわしい男に渡してやるべきだったのに、胸の奥に澱んでいた邪な想いの犠牲にしてしまっていた。

真広こそが、闇の感情に囚《とら》われていたのだ。

もしも自分のオーラを見ることができたなら、それは誰より陰鬱《いんうつ》なものだったはず。

「サイテー……」

本当に最低の兄だ、と真広は唇を噛む。

もうずっと、恋愛に真剣になれなかったのも、道理だ。夢中になどなれるはずがない。つきあった相手はみな、真白の身代わりでしかなかったのだから。

真広に向かって、シスコン！　と吐き捨てて去っていった元カノ達は、真広の想いが誰にあるのか、どこかで気づいていたのかもしれない。

「やだろ、こんなの。気色悪いよな……」

「私はそうは思いません。どんな形にしろ、どんな想いにしろ、きみは真白さんを守ってきた。誰よりも大切にしてきた。それがいけないことだと責める権利なんて、誰にもありません」

「でも……ずっと、真白の邪魔してきた」

「真白さんは強い子なんでしょう。本当に好きな相手を、お兄さんの反対くらいであきらめるんですか？」

「そんなこと、ないっ！　真白は……真白はおとなしく見えるけど、本当にいやなことには絶対にうなずかない。ちゃんと自分の将来だって考えてて、俺よりずっとしっかりしてて、本当に好きになったら、離しちゃダメだってお説教までするようなヤツで……」

そうよ、お兄ちゃん、と真白の声すら聞こえてくる気がした。

――同性ってそんなに障害になること？

きょとんと小首を傾げて、不思議そうに言った。

どうしてそんな程度のことがと。本当に好きなら、どうでもいいことじゃないと。

（ああ、そうか……）

では、真白は気づいたのだ。

真広の気持ちが、妹以外の者へと向かいはじめていたことに。

だからもう真広の手を離しても大丈夫だと。

明確に意識はしていなくても、片割れの心が離れたことを察したから、節が好きだと告白してきたのだ。いまならもう大丈夫だからと。

もう、お互いに、別の相手を必要とするときがきたのだと、それがわかっていたから。

「そうか……」

ぐい、と真広は込み上げる涙を、腕で拭う。

「守られていたのは……俺のほうか」

「どうせ泣くなら、私の胸にしなさい」

「バカ……」

すべてを承知で、つらかったですね、と甘やかしてくれる声。こんなときまで。

「誰にも気づかれないと……思ってたのに……」

たぶん、節でさえも気づいていないだろう、真広の禁忌の想いを。一生、この胸に秘めて、墓場まで持っていくつもりだったのに。

「俺、節ならいいって……。あいつはいちばんきれいな光だったから……」

言いつつ振り返れば、真広の目は否応なしに捉えてしまう。

黒い軍服をきわ立たせるように広がる、美しい光の粒子——これが一目惚れした真白に向けられる感情なら、レオンハルトはどれほど深い失望を味わうことだろう。

真広が嫉妬交じりによけいな策を練ったせいで、レオンハルトの恋は、ただの一度も真白に会わないままに終わってしまったのだ。

これほどひどい妨害はない。

言い訳のしようがないほど、卑劣だ。

なのに、口をついて出るのは、情けない未練だけ。自分のつらさばかりだ。

「俺……本当に真白には、なんにもしてない。誓うから、それだけはっ……」

たぶん、その気になれば、眠っている真白にキスをすることぐらいはできただろう。それほど長い年月、そばにい続けたのだから。

だが、結果的には罪となることはひとつもしなかった。真白を愛していたから、誰よりも大切だったから——たとえそれが、真広自身であろうとも穢《けが》すことは許せなかった。

「わかっています。きみは精一杯、真白さんを守り通した。そして、ちゃんと似合いの男の手に渡した」

やんわりと抱き寄せられて、レオンハルトの肩に頭をあずければ、心地よい体温と、言葉の優しさに、胸がきゅっと締めつけられる。

「きみは、本当にいいお兄さんですよ」

思わずこぼれた涙が、高価な布地に染み込んでいくのもかまわず、廊下を通り過ぎる客達の視線も気にせず、真広はレオンハルトの胸に顔を埋めてすすり泣いた。

これが最後――真白への恋の決別の涙だ。


「そこで、疑問なんですが。真白さんが節くんと婚約したことで、どうして私がふられたことになるのでしょう？」

さすがに廊下で話を続けるのはみっともなさすぎると、シークレットフロアのいつもの部屋にやってきた真広は、すべてをレオンハルトに告白した。ときどき声を詰まらせ、注がれる視線にいたたまれぬ思いをしながらも、自分の撒いた種である以上、どんな罵倒《ばとう》も甘んじて受けようと決めて。

「だって、あんたの見合い相手は真白だったんだよ。俺は身代わりを演じてただけで」

「そこが、よくわからないんですが」

だが、レオンハルトは首を傾げる。

「谷口氏も似たようなことを言っていたので、これを持ってきました」

クラシカルな猫脚テーブルの上に置いてあった、二つ折りの写真台紙を開いて、真広のほうへと向けてくる。

「私が一目惚れした見合い写真ですが、これが真白さんだと言うんですか?」

見せられた真広のほうが、驚いた。

シャギーのかかった髪は、襟足のところでカットされている。ブルーのシャツにきりりとネクタイを締めた背広姿は、成人式の記念にと、写真館で撮ったものだ。

「そ、それ……俺じゃん!?」

「だから、そう言ってますが」

「え? でも、な、なんで……?」

「単純に紛れ込んだか、間違えたかしたんじゃないですか。谷口氏はそれこそ数えきれない見合い写真を配っているし、きみと真白さんは見間違えるほど似ているし。二人の写真が入れ違っても、不思議ではないかと」

「はあ……」

確かにありそうなミスだが、真広にはにわかに信じられない。その困惑に気づいたらしい、レオンハルトがつけ加える。

「だいたい私が、見合い相手の素性も調べず、受けるわけがないじゃないですか。私は最初から真白という双子の妹さんがいることは知っていました」

事前にきちんと調査をしたからこそ、家族構成はもとより、『ヤヒロ紡績』の部門別業績も、熟知していたのだと。

「私が選んだのは、間違いなくきみです。だから、最初に会ったとき確認したじゃないですか。どうして男と見合いするために来たのかと」

「そう、だっけ……？」

「ウォルフヴァルトでは同性婚が許されているが、日本で男同士の見合いに飛びつく人は、そうはいないはず。なのに、女装などしてくるから、これはそういう趣味の方かと訝《いぶか》ったんです」

初対面のとき、レオンハルトは戸惑っているようだったが、真広が男だということには疑問を投げかけてこなかった。

「調査資料の中に、隠し撮りした写真があって、きみと真白さんが並んでいる姿がチラと写っていました。それでも私は、きみしか目に入らなかった」

見合い写真で一目惚れした相手も、女装姿に感銘した相手も、どれだけ抱いても足りないと欲した相手も、真広なのだとしたら。

「でも、じゃあ……」

真広は、レオンハルトの黒い軍服を包む、輝きを見つめる。

それは、真白を愛する者が発する光だったはず。

「俺が見てるこの光は、なに？」

「私が……光って見えるのですか？　暗闇の一族《ドゥンケル》の末裔である、この私が？」

「うん。初めて会ったときから。服が黒いし、陽射しは眩しいし、それで周囲からきわ立って見えるのかなって……」

だが、いまは夕方で。窓の外は、夕暮れの赤と宵闇《よいやみ》の濃紺が入り交じっている。

少しずつ濃さを増していく黄昏《たそがれ》色を背景にして、レオンハルトは、自らのうちから発する光に淡く彩《いろど》られている。

「なんだろ、布地の光沢とも違うし」

「では、脱いでみましょうか？」

言うなりおもむろに立ち上がり、襟を緩める。ボタンを外し、バックルを緩め、仰々《ぎょうぎょう》しい上着から右手だけを引き抜く。パサリと翻ったそれが、左肩だけ引っかかって残る。アンダーは綿の白シャツ。

光沢の素材ではないのに、それでもレオンハルトを包む光は、変わらずそこにある。

「やっぱり、見える……」

「では、それは私の想いでしょう。きみに向ける、きみを愛する、私の想いの形」

「えーと……」

なにかさっきから、すごく恥ずかしい告白を延々されているような気がして、耳朶やら頰やらが熱を持ってくる。じっと熱い眼差しで見下ろされると、ソファに座っているのさえ気恥ずかしくなってくる。

「出会った瞬間から、一目で恋に落ちた私の感情を、きみは見ているんでしょう」

でも、伯爵様は想いの丈を伝えることをやめようとしない。この男の辞書に『恥』という文字はないのだろう。

「けど、俺は、真白に向けられたオーラしか見えないんだけど……」

「それは、昔の話ですよね」

「うん。中学までくらいだったかな。真白を守る必要がなくなったから、見えなくなったのかと思ってた」

もっとも心揺らした思春期を過ぎたころから、しだいにそれは薄らいでいった。最後に見たのがいつだったかも覚えていないが、それが節の光だったことだけは、確かだ。

「成人式の日にさ、式場に向かう前に、節もいっしょに三人で神社に参ったんだ。そのときに、二人を認めようって決めたんだ」

拝殿に向かって、並んで手を合わせる真白と節を隣に見ながら、いいかげんにシスコンは卒業しようと思った。このさきは、なかなか進展しない真白と節を応援しようと。

「二十歳なんだから、もう大人なんだから、いい兄貴になろうって……」

真白と節の婚約が決まったいま、不思議なほど穏やかに祝福できる自分がいる。決して負け惜しみなどではなく、素直によかったと思える——そのことが自分でも嬉しい。

妹への淡い恋心は、もう過去に置いてきたのだと、いまはわかる。

「きみは、真白さんへの想いを、自分の中で昇華させたのですね」

いつの間にか、歩み寄っていたレオンハルトが、真広の隣に腰を下ろす。

「そのつもりだった、けど」

「そうして、真白さんをもっともふさわしい相手にまかせたのだから、もうよけいな心配をする必要もない。不要な力は、そう何度も現れるものではありませんよ」

「でも、じゃあ、これは……？」

それならいま、間近に捉えている光はなんだろう？　と眩しさに真広は目を細める。

「だから、それこそ私の想いです。いちばん大事だった真白さんを手放すことで、きみは自分の幸せを求めはじめた。再びオーラが見えるようになったのは、誰のためにでもない、自分自身のためにですよ」

「俺の、幸せ……？」

レオンハルトの言葉を頭の中で繰り返し、その意味を噛み締める。

自分の目に映る光輝——それが間違いなく自分に向けられたものだと思えば、なにやら頬が火《ほ》照《て》ってくる。胸がさざめいて、唇が乾いて、なにかが欲しくなる。

「そして、それは私の幸せでもあるのです。暗闇《ドゥンケル》の存在である私に、きみだけが見出してくれた希望の光」

湖面に広がる静かな波紋のような微笑を浮かべて、レオンハルトは真広の手をとる。

（ああ、ダメだ。これ以上、優しくされたら、顔が緩みきっちゃう……）

だが、その心配はなかった。レオンハルト・フォン・シュヴァルツマイヤー、完璧な紳士でありながら、ときに見事なまでに想像外のことを言ってくれる男。

「私は、きみに対しては寛容であろうとしてきました。だが、一カ月ものあいだ、身代わりを演じていられたとあっては、さすがにちょっと許せません」

柔らかな笑みは変わらないまでも、神秘を宿した青灰色の瞳の奥に、なにやら不穏な銀光を煌めかせて、真広を射すくめる。

「今度こそ、本心から私の想いに応えなさい。気持ちを、身体を、そのすべてを自ら開いて、私を求めなさい」

傲慢《ごうまん》な声音さえ、蠱惑《こわく》に響かせて。

「私に、きみのすべてを捧げなさい」

8

ぐっしょりと汗に濡れ、あちこちにピンクの花弁《はなびら》のような跡をつけた真広の身体は、レオンハルトの手と唇の淫靡《いんび》な動きに合わせて、ぴちぴちとシーツの上で跳ねている。

すでに、真広の身を隠すものはなにひとつ、残っていない。すべてをさらけ出せと言った男に、きれいに剝《む》かれてしまった。

「やあっ……！　もっ、で、出る……」

真広の両手は、自分の股間で揺らめくプラチナブロンドを、虚《むな》しく搔き回している。

ロココの優雅に彩られた部屋に、じゅるっと粘着質な音が響く。レオンハルトの口と舌で立派に育てられた真広の性器が、一気に弾ける。ぶるっ、と身を震わせる痙攣《けいれん》とともに官能の痺れが肌を嘗《な》め上げていくが、ようやくの吐精も、解放感に繋がることはない。

後孔に深々と埋め込まれたままの長く力強い指は、感じやすい部分への刺激をやめようとしないのだ。

「おやおや、もうイッてしまった。これで何度目でしょう？　堪《こら》え性のない人だ」

ぺろり、と精に濡れた唇を嘗める仕草さえなやましく、レオンハルトは上目遣いに真広を見上げる。その視線から、隠せるものはひとつもない。重ねた枕に身体をあずけ、真広は自ら両脚を大きく開いて抱え上げ、恥ずかしい場所をさらしているのだから。

こんな体勢はやだ！ と最初は拒絶したのだが、敏感な先端の孔《あな》を、これでもかとばかりに爪の先でぐりぐりと弄られて、悲鳴とともに無駄な悪あがきはやめた。

暗闇《ドゥンケル》という存在は、欲しいものを得るためには手段を選ばない――そのことを真広は、身に染みるほど思い知らされている。

「女のように、中や乳首を弄られて、何度も達する……恥ずかしいと思いませんか？」

付け根までいっぱいに埋め込まれた指は、すでに三本――熟れた粘膜を抉《えぐ》るように引っ掻かれれば、優雅な部屋に似合わぬ、嬌声《きょうせい》とも悲鳴ともつかぬ喘ぎが散っていく。

「も……やめっ、あ、ああっ――……！」

「やめろと言われても、それは聞けません。これはお仕置きなのですから」

その証明だとでも言うかのように、レオンハルト自身は、軍服さえもまだ左肩に引っかけたままだ。さすがにシャツの襟元は緩めているが、上気した肌にうっすらと浮いた汗が、やけに色っぽくて、つい見惚れてしまう。

中を弄る手はそのままに、もう一方の手が伸びてきて、すでに散々に弄られて、まっ赤に染まっていやらしい形に膨らんだ尖りを摘む。触れられるだけで、痛みにも似た痺れを感じるそれを、押し潰したり、爪を立てたり、好きなように弄《もてあそ》ぶ。

「や、やだっ……！ もう、そこ……」

感じすぎてつらいからと懇願しても、レオンハルトは聞く耳を持たない。

美しい花には棘《とげ》があるというが、ぴりぴりと優しい殺気をまとったような愛撫に、もう小一時間も翻弄され続けている。

よくも我慢ができると感心するほど、レオンハルト自身のトラウザーズの前も、張りきっているのに、それよりも恋人の身体の隅々までも知りたいとの欲望が勝るのか、いまは真広が抱え上げたままの爪先に口づけて、指のあいだまでも丹念に嘗めとっている。

そのまま唾液の跡をつけるように、舌先でなぞりながら、ふくらはぎを下りて太腿へと至り、柔らかな内腿の皮膚に、チュッと音がするほどの口づけを降らせる。

「は……ああっ……」

真広は、シャギーのかかった髪を振っては枕を叩き、もどかしさを必死に耐える。欲しいのはそこじゃない。もっと中心——巧みな男の手淫に乱れて、呼吸でもするかのように、ぷちゅぷちゅとひくついている場所。柔らかくほぐれたそこを眺める男の、鋭さを残した眦が緩む。

「ここも、あさましいほど、もうとろとろですよ。ほら、私の指を締めつけてくる」

わかりますか？　と散々になぶられて、火照りきった穴のまぎわの繊細な皮膚を、ちろりと舌先で嘗められれば、たったそれだけの刺激さえも鋭敏に感じとって、虚しく宙を蹴っていた両脚までも、腰と合わせてぶるぶると痙攣する。

「やあっ……、もう、どうにかして……」

奥のほうから絶え間なく湧き上がる疼きに、真広は腰を踊らせる。どれほどレオンハルトの指が器用に動こうと、まだまだ足りない。これではちっとも足りない。焦れた粘膜が、もっと逞しいものを求めて収れんする。

「さて、では、なにが望みですか？」

いっそ酷薄《こくはく》なほど妖しい笑みを浮かべて、レオンハルトが問う。

「ほ、欲しい。あんたの、大きいもの……」

恥ずかしすぎる懇願に、声は掠れ、胸は高鳴り、指を咥えた場所までが身悶える。

「ここに？　この物欲しげな穴に？」

唐突に、中を埋めていた指が、引き抜かれていく。敏感になりすぎた粘膜がそれを追い求めるように収縮する。いったん入り口付近まで後退した三本の指がじわりと開き、すっかりとろけきった襞を皺ひとつないほどに押し広げていく。

「やっ、ああっ――……!?」

「ああ、まだ私には狭いですね。凹凸の問題とやらは、解消されぬままですが。想いを打ち明けて初めての夜、大切に愛したいのに」

「うそだ！　ただの虐《いじ》めっ子じゃないか」

「外面《そとづら》のよさは暗闇《ドゥンケル》の一族の特技。けれど、きみにうそはつきません」

ついたところで、真広の目は、レオンハルトの気持ちを見抜いてしまう。闇に輝く月光の淡さのような輝きで。

「きみの力は、私に清く生きろと言ってるのでしょう。闇に呑まれそうになれば、必ずや見破ってやると——夜の領域《ディ・ナハト》に住まう私に与えられた、一本の松明《たいまつ》」

「き、清く生きるって、やってること、違いすぎ……、ん、ふうっ……！」

そのあいだも、レオンハルトの指が止まることはなく。抱え上げていた膝裏を支えるのも、もう限界で、ついに両手も両脚も、ぱたりとシーツの上に落としてしまう。

「持ち上げていなさいと言ったはずですが。悪い子には、お仕置きですよ」

ここぞとばかりに前立腺をコリコリと擦られて、真広は悲鳴じみた嬌声をあげる。

「ヒ？　そこ、弄るな。っああ——……！」

「どうしてこんなに感じやすいのか、私にはわかる気がします」

涙の膜越しに、覗き込んでくる男の、妙に生真面目な顔を見上げる。

「たぶん、妹さんへの禁忌の想いを、同性愛のそれに置き換えていたのでしょう」

「————…!?」

真広は声もなく、じわりと目を瞠る。

いつも胸の奥の奥には、常に真白への恋心があった。決して許されぬ禁忌であるからこそ、ときに感情のままに暴走してしまいそうになる、危険な存在。普通の女を恋人にする程度では、決して満たされぬ想い。

誰にも知られるわけにはいかない。ひたすら隠し続けなければいけない。常に緊張感をはらんでいたからこそ、よけいに気持ちはつのったのかもしれない。

レオンハルトに抱かれて初めて、妖しいほどの胸の高鳴りを覚えたのは、それが禁忌だったからだ。常にどこかで望みながら、決して手に入ることのないものだったから。

あれこそが、真広の心に住みついていた恋に、もっとも近い罪の味だったから。

「じゃあ、俺は……俺のほうこそが、あんたを真白の身代わりにしてたって、こと？」

だが、そんなはずはない。

自分は真白の身代わりでしかないと、散々悩んだのは、レオンハルトに対する想いがつのったからだ。あれほどのつらさが、この胸を切なく揺らす想いが、錯覚だというのか？

「そんなはず……ない……」

最初に身代わりを思いついたのは、真白のためだったが、いまは絶対に違う。

「ふざけんな！　俺が感じてるのは、あんただ。誰が、ここをこんなにしたんだ？」

熱く火照って、ひくつく襞を自ら割り開き、見ろ！　とばかりにひけらかす。中はうねり、まっ赤に染まった粘膜は、男の視線を釘付けにする。

「女相手にこんなになるかよ！　いま……俺に触れてる男が欲しいから、こんなになってるんじゃないかっ！」

羞恥もへったくれもない。この期《ご》におよんで、この破廉恥《はれんち》きわまりない行為を、妹への代償行為だと言われるなんて、納得できないと、涙に潤んでもなお意地を残した目で睨む。

「すてきな告白を、ありがとう」

とたんに、目の前の男が破顔する。

「もっと聞かせてくれますか？　どう感じるのか、どこがいいのか、どんなふうに乱れたいのか、すべて聞かせてください」

「あ、あんたぁ……？」

「ええ。確かに最初は代償行為だったでしょうが、いまはすっかり私の腕の中」

「――……！」

怒りと羞恥で、頭が沸騰《ふっとう》するかと思った。

いつもこうして、レオンハルトのペースに翻弄されて、自分ですら認めるのは恥ずかしすぎる本音を、暴露させられてしまう。

「あ、あんた、狡いっ……」

「もちろん。狡猾《こうかつ》さこそ私の美徳。なにしろ三十二年も闇の世界に住んでいたので」

「って、開き直るかよ！」

「いけませんか？　それに、恋人が私の愛撫でとろける姿を見たいのも、その告白を聞きたいと思うのも、男として当然の欲求。きみだって男ならわかるでしょう？」

「……う……」

「でも、さすがにちょっと、我慢はできそうにない。凹凸に問題がないのなら、もう前戯はこれくらいでいいでしょうか」

「だから……そう言ってるってば！」

「それなら、もう遠慮する必要はない」

傲然《ごうぜん》と言い放つ男は、ようやく自分の前を解放して、そのときを待ちかねていたかのように姿を現した雄々しいものを、真広の後孔に押し当ててくる。

ああ……と、漏れる吐息の媚びたような響きすら、もう気にならないほどに、真広の意識は、触れる先端の熱さに集中している。

長すぎるほどの前戯で、たっぷりと焦らされていた内部は、まるで自ら粘液を滲ませているかのように、潤っている。

しっとりと汗に濡れたプラチナブロンドを両手で搦めとって、真広は引き寄せる。これ以上のおあずけはご免だと、愛しい男を求める。強く、激しく、ただひたすらに。

「来て……レオ……」

名を呼んだ瞬間、レオンハルトがびくと硬直する。同時に、いままさに侵入を開始しようとしていたものが、ずくんと大きく脈動して、圧する力がさらに増した。まだ逞しくなるのかと、目を瞠るばかりの激しい欲望。

「狡いですね。こんなときに最終兵器を出すなんて……」

「え？　さ、最終兵器……？」

「名前を呼んでくれましたね、レオと」

「名前……？」

「いままでは、『あんた』あつかいでした」

いや、ちゃんと名前で呼んでいたはずだが、とよくよく考えれば、真白や節の前では呼んでいたが、当人に向かっては、はて……？

「あれ？　ない、かも……」

「ありません、一度も。なのに、こんなときに呼ぶなんて本当に狡い人だ」

そうか、これが俺の切り札――いいことを聞かせてもらった、と真広は口角を上げる。

「レオ……ねえ、もっと……」

呼ぶたびに、レオンハルトの身体が震える、歓喜に、欲情に、上気していく。じゅうぶんにほぐされた柔襞は、どくどくと弾むばかりの脈動を感じとって、自ら開いていく。

「本当に、狡い人だ……。私の純情を、侮《あなど》ってはいけません」

レオンハルトもまた、もう我慢の限界なのか、紳士の優しさを放り出し、亀頭部をぐりっと掻き回しながら侵入する。あとはもう容赦も余裕もなく、一気に奥まで貫いたのだ。

「ヒイッ――……！」

ぐちっ、と粘着質な音がして、いっぱいに張り詰めたものが、寂しかった場所を再び埋めつくしていく。さきほどまでとは比べものにならない恍惚《こうこつ》感が全身を満たし、乱れた嬌声が、濡れた唇からほとばしる。

「く、あっ！　ああ――っ……！」

ようやく訪れた充溢《じゅういつ》に、熟れきった内壁はそれまでの物足りなさを埋めるように、あさましく蠕動《ぜんどう》し、より深くへと誘い込もうとしている。もっと奥に、もっと激しく。

「すごっ……、あっ、いいっ……！」

両手を男の首に絡めて、真広は喘ぐ。これが自分の声かと不思議になるほど、それは甘ったるく尾を引いていく。

「もっと奥？　いいんですか。いままでは、それなりに遠慮してたんですが」

「いいから、してっ！　掻き回して……もう、おかしくなっちゃう……」

「おかしくなるのは、私のほうです。この世に、こんなすばらしいものが……」

真広の中をいっぱいに埋めつくした男もまた、歓喜と惑乱に溺れながら、低く掠れてもなおなやましい声で訴える。

千年もの忌まわしい伝統に縛られながらも、それでもどこかにあるのではないかと、いまにも消えそうな蠟燭《ろうそく》の火を頼りにするように、歩いてきた闇の中――ついに見つけた希望の輝きに、いまこそ酔いしれるときだと。

「さあ、存分に味わいなさい、私を……！」

レオンハルトは真広の両脚を肩に抱え上げたまま、大きく上体を押しつけてくる。

ほとんど上から刺し貫かれるような体位になって、体重をかけて突かれれば、ずんと最奥に響く衝撃は、はんぱではなく、真広はたまらず甲高い嬌声をあげる。

「ひっ…!? あ、やぁっ――…!」

すかさず引き抜かれ、再び前立腺を掠めながら打ち込まれる――間断なく繰り返される律動は、徐々に激しさを増していく。

とろけきった内壁は、恍惚に身悶えながら、いまや快感の中枢となった熱塊に巻きついて、二度と逃がすまいと収縮していく。

「ああ……すてきですよ、きみの中は。きつくて、貪欲で。ほら、こんなに……」

私を逃がすまいとしている、と貪欲なさまを見せつけるかのように、腰をゆるりと送り込んで、肉と肉との擦れあいが奏でる、粘性の高い音を、いやと言うほどに聞かせてくる。

「あ、ああ……。んっ、そこっ……」

「ここ? ここが、いいんですか?」

感度や締まり具合を存分に味わいながら、レオンハルトは感嘆の吐息を落として、深く繋がった交合部を見つめる。

男に貫かれて悶える、あられもないさまを思えば、羞恥に肌は戦慄《わなな》くけれど、それでも、初めて――ようやく初めて、裏切りも偽りもなく、素直に同じ想いで求めあっているいまが、嬉しくないはずはない。

「は、ああっ……！　いいっ、そこ、もっと、こすってぇ……」

汗を弾かせながら、激しく腰を前後させる男に倣《なら》って、真広もまた、自ら高く掲げた尻を振る
う。もはや恥じらいなど投げ捨てて。

引き抜かれては、また突き入れられ、繰り返されるたびに、容積が増してくるような気さえす
る。まださきがあるのか、まだ知らない領域があるのか、と快感を覚え知ってしまった内部が、
激しくうねってさらに奥へと咥え込もうと、淫らなばかりに蠢動する。

まだ足りないと。

もっと欲しいと。

「くっ……！　なんて締めつけだ……」

ここぞとばかりに熱情を発散させている男もまた、痛いほどの締めつけに舌打ちし、悔しまぎ
れの喘ぎを放つ。

「あっ、俺も、太いのがいっぱい……」

「好きなのは……それだけですか？」

「バ、バカ……」

照れ隠しに唇を突き出すと、真広はレオンハルトの耳朶に口づける。

「好きだよ……レオ……」

その一言が、ずっと言えずにいた。

身代わりだからという負い目が、ずっと胸を塞いでいた。いま、ようやく解き放つことのできる想いは、翼を持っているかのように軽やかで、嬉しそうだ。

「好きだよ、レオンハルト……。その瞳も、金髪も、みんな大好き！」

目を瞬けば、男の身を包む、まごうことなき光輪の煌めきが揺れる。

「私もです。愛しています……真広……」

ああ、光だ……。

この男の中には、抑え込まれた光がある。

闇の存在でいることを宿命づけられ、何世代ものあいだ、溢れることもできず、ひそやかにその身のうちで眠ってきた、光。

「俺……見える。レオの輝き……」

この輝きは、真広だけに向けられる想い。

もうずっと、喜びも哀しみも、与えられるものすべてを真白と二人で分けあってきたが、その必要はすでにない。真白は節を選び、そして真広は、自分だけの幸せをつかむために歩きはじめたのだから。

一人では心許ない道でも、再び繋がれた手のさきに、自分を愛してくれる人がいる。自分だけに、丸ごといっぱいの気持ちを向けてくれる人がいる。

濃紺の瞳孔《どうこう》、千変万化《せんぺんばんか》に瞬く虹彩《こうさい》、そのすべてをはらんで、いまは満月の銀光に輝く青灰色の瞳に、快感に溺れきった自分の姿が映っている。

あさましいばかりのそれを、でも、すべてをさらけ出せと、千年の因習に縛られてきた男が願うから、隠したりはしない。求めさえすれば、きっと夢はかなうのだと――それを教えてあげたいから、どんな淫らな求めだろうと拒否しない。

たぶんいま、レオンハルトの心に巣くう闇を払うために、それが必要なのだ。希望は必ずかなうと見せつける。自ら腰を振り、乳首を摘み、あられもない媚態をさらし、もっと、と、おねだりを続ける。

「ああ、きみは本当にいやらしい……。なんというのです? 好色、魔性、淫乱……そう、それがふさわしい」

だが、真広からみれば、魔性はレオンハルトのほうだ。遠い異国の香りをまとった伯爵。狼《ウォルフ》の民の名にふさわしく、獣と化した熱い楔《くさび》で、もっとも感じる場所に伝えられる熱情の激しさを受け止めて、真広は最後に残った理性のかけらを放り出す。

「ああっ!　い…いいっ…!　もっと…もっと突いてぇ――!」

忘我《ぼうが》の中で、両脚をレオンハルトの背に絡めれば、自然と埋め込まれたものの位置が変わり、新たに湧き上がってきた愉悦に、産毛が妖しくそそけ立つ。

「あ、レオ……もっと、もっと深く……!」

激しさを増すばかりの律動に揺らされ、身も世もなく喘ぎながら、真広もまたレオンハルトの動きに倣って、上り詰めていく。

二人の身体に挟まれた真広の性器もまた、ぴくぴくと小刻みに身悶える。

「あっ…！　や、もう出して、中に……」

乱れていく呼吸に絶頂が近いことを互いに知り、いちだんと速まる抽送《ちゅうそう》に合わせて、真広もまた大きく脚を開いた不自由な体勢のまま、必死に腰を振り、内部を締めつける。

「望むだけ、注ぎ込んであげます……」

律動はさらに勢いを増し、濡れた音とベッドの軋みしか聞こえない部屋の中。

光も闇もいっしょくたになって渦巻いている混沌《こんとん》の中、どこかへ落ちていきそうな不安を振り払い、真広は唯一、確かに手の中にあるレオンハルトの逞しい背中にしがみつく。

「く……もうっ……」

これが最後だとばかりに、レオンハルトの雄がひときわ深いところを突き上げたとたん、最奥に叩きつけられた熱い奔流《ほんりゅう》。

「やっ、は…ああ——っ…！」

掠れきった嬌声をあげながら真広も絶頂を迎え、自ら放った飛沫でレオンハルトの腹をあさましく濡らしていく。ぐったりと弛緩《しかん》していく身体が心地よくて、余韻の痙攣を味わっていた真広は、まだ気づかない。

レオンハルトは一度しか達していない。

そして夜は、暗闇《ドゥンケル》の一族に味方するように、長く、果てしなく続くのだ。


「あ、見えるようになった」

隣に眠っている男の無防備な寝顔を、真広はもう十分ほども堪能している。ようやく、目覚めたレオンハルトが瞼を開けるに従って、淡い光がその全身を包みはじめる。

「おもしろーい。寝てるときにはオーラって見えないんだ。起きてるとき限定なんだ」

「それは、いくら私でも、眠っているとき意識的に感情を向けることはできませんから」

「そっかー。寝てるときのほうがダダ漏れになるかと思ったのに。無意識じゃなく、意識的な感情じゃないと、見えないんだな」

それで、目を開いたときから見えはじめたのか、と一人で納得していると、隣から伸びてきた手に、やんわりと引き寄せられる。

「私は、目を覚まして、きみを見つけた瞬間、幸福感でいっぱいになりました。そばに愛しい人がいるとは、こんなにも幸せなことなのかと……」

甘い睦言を囁いた形よい唇が、そのまま真広の唇を覆う。口づけはどこまでも甘く濃密で、真広をとろかしていく。まだ疼きを残した身体が火照りはじめて、うずうずと腰が焦れてきてしまい、慌てて真広はレオンハルトの顔を押し返した。

「あ……はいはい。もーおしまい」

ぷはっ、と唇を離したものの、肌をザワザワと撫でるような疼きはおさまらない。

「なんだかなー。日本育ちなのに、奥ゆかしさってのは学ばなかったのかよ」

「これでも、ずいぶん我慢しているつもりなんですが。本当はもっと色々……」

「あーもー、そ、そこまでっ！」

これ以上は聞いていられないと、真広は両手でレオンハルトの口を塞ぐ。だが、睦言を止めても、レオンハルトから発する光が消えることはない。

無言のまま伝えられる愛情の深さに照れ臭くなって、しらりと逸《そ》らしたさきに、すべての原因となった見合い写真があった。

「それにしても……マヌケな勘違いだよな。見合い写真に名前も書いてあるし、略歴もついてるのに、どうして延々、行き違ってたんだか。誰か気づきそうなもんなのに」

「ああ。その行き違いなら簡単に説明できます。谷口氏と連絡をとっていたのは、おもに父でしたから。前に言いませんでしたか、私の父は『ひ』が発音できないと」

「江戸訛《なま》りで……『ひ』が『し』になる？」

「ええ。『まひろ』は『ましろ』になります」

レオンハルトの父親は真広と言っているつもりでも、谷口の耳には真白と聞こえていたということらしい。だが、それでいいのか、シュヴァルツマイヤー家当主が！

「んな、バカなーっ!?」

「つねづね、重要な名前のときは筆談を交えなさいと言っているのですが。でも、私が見合いをする気になったことに有頂天《うちょうてん》になったのでしょう——親バカすぎてお恥ずかしい」

まさか、肝心な見合い相手の名前を間違えて伝えるとは、とレオンハルトは額に手を置いて、ため息をついた。

「じゃあ、俺、なにを鬱々と……」

笑い話のような勘違いの連続のあげくとあっては、もう脱力するしかない。勝手にぐるぐる悩んでいた自分があまりにマヌケすぎて、穴でも掘って速攻で飛び込みたくなる。

「真広、きみは、私が住まう夜の領域《ディ・ナハト》に差し込んだ、一条の光」

それでも、レオンハルトの手が頬に添えられ、間近から覗き込まれれば、胸はとくとくと期待に躍る。

散々に愛されたあとだから、身体も心もやけに素直に反応してしまう。

「どうか私の花嫁になって、この道を照らし続けてください」

カッと頬や耳朶だけでなく、全身が熱を帯びてくる。

「は、花嫁って……なんだよ」

などと拗ねてみせたところで、レオンハルトの目には、素直になれない恋人の可愛い照れ隠しに映るだけ。

「お、俺、ドレスは着ないからな……。炎天使フレアと暗黒帝アーベントの結婚式なんて、マジ、お笑いネタでしかないから」

遠回しの返事だが、それでじゅうぶんだった。

本当の紳士は、愛する人を困らせるようなまねはしないものだ。

そう、ベッドの中以外では。

レオンハルトは、間近から視線を合わせて、うっとりと微笑みながら誓約する。

「Mein die Sonne,《マインディゾンネ》 hinaus ins Licht《ヒンナィスインスリヒト》――私の太陽。いざ、光の中へ行かん。真広、私はここに誓う。変わらぬ愛と忠誠を」

もちろん、締めくくりは熱いキスで。

――おわり――

恋愛結婚

暗黒帝
アーベントが
命じる
純愛魔法
リーベビンデン!
ついでに
下着解放呪文
おまえの純愛など
この炎天使フレアに
効くものか
ん…?
ついでに
何と言った?
カシャン
まさか…?

ああっ…!?
やった ついに炎天使をとらえたぞ!

ここの恥知らずが
もとよりおまえを捕らえるため恥など知らぬわ
それにしてもムードのないやつだ…
…！

…んんっ……!
せめて
こうして繋がって
いるときだけは
聞きたくないのだ
…ふ……
おまえの
小憎たらしい
拒否の言葉を

1

「なんですか、このマンガは？」

キングサイズのベッドに寝そべりながら、レオンハルト・フォン・シュヴァルツマイヤーは、恋人である宇奈月真広《うなづきまひろ》に押しつけられた、妙に薄い冊子を繰りながら、呟いた。

製本は凝《こ》っているものの、五十ページほどしかない。

「同人誌ってわかる？」

「ええ。ああ、なるほど、これがそうですか」

「節《せつ》のお土産。先週のイベントで、すっげー巧《うま》いの見つけたって」

堂々ゲームオタクを自認する真広の幼馴染みの佐竹《さたけ》節は、以前は一人でイベントに参加することもできなかったほどの人見知りだったが、いまではコスプレ仲間達からも一目置かれる存在となっていた。

「節くんは、本当にこういうのが好きなんですね」

「まーね。あいつの作る衣装って、マジですごいからさ。神呼ばわりするファンとか、けっこうついてるんだ。その上、ちまちま裁縫なんかやってる引きこもりオタクにしちゃあ、どこでこっそり鍛《きた》えてるんだろう？　って不思議になるほどガタイもいいし」

「そういえば、身長も一八〇近くありそうでしたね」

「なんだよなー。俺もしょっちゅう節んちでご馳走《ちそう》になってんのに、あいつばっか、にょきにょき伸びやがってよ。だもんで、暗黒帝アーベントのコスプレをしたら、まず佐竹節の右に出るものはいないって騒ぎでさ。イベントに参加すれば、写メ攻勢がすげーすげー」

「なんであろうと、極めれば、人は理解してくれるということですね」

「そう。で、このあいだのイベントでもらったんだって。暗黒帝アーベント×炎天使《えんてんし》フレア本。同人誌っても、プロのマンガ家が参加してるやつらしいんだ」

炎天使フレアと暗黒帝アーベントは、『グレート・アヴァロン・レジェンドⅢ』というオンラインゲームに出てくるキャラクターのことである。

真広がその炎天使フレアのコスプレをして、双子の妹、真白《ましろ》の身代わりになって、レオンハルトと見合いをしたのは、二カ月前のこと。

よもや、男同士の見合いが成立するなどと、思ってもいなかった。

絶対破談になるものと確信しての、身代わり大作戦だったのに。

どういうわけか、すっかりレオンハルトに気に入られてしまった真広は、週末にこうしてホテルでいっしょにすごす関係――つまりは恋人になってしまったのだ。

禁忌《きんき》の恋は、妖《あや》しく真広の胸を騒がせはしたが、それでも、同性に惚れるような傾向は皆無のはずだったのに、なぜこうなったのかと振り返れば、疑問符ばかりが浮かんでくる。

確かに、初めて抱かれたときから、身体の相性だけはやけによかった。

だが、真広を魅《ひ》きつけたのは、むろん快感だけではない。

黒の軍服がトレードマークのレオンハルトは、その姿にも似た陰りをまとっていたのだ。

祖国であるウォルフヴァルト大公国の闇の部分で、千年に渡ってドゥンケルという秘密結社の一員として暗躍《あんやく》してきた一族の、末裔《まつえい》。

国と民のためなら、自らの手を汚すことも辞さない男。けれど、どれほど真摯《しんし》に尽くそうとも、レオンハルトの行動が、日の目を見ることはない。

それゆえに、自分の代で、報われぬ運命を終わらせようと決意している、寂しい男。

同性の妻を持てばすべてを断ち切れる、そんな思いを胸に秘めてレオンハルトは、男と承知で真広との見合いを受けた。

だが、炎天使フレアと暗黒帝アーベントとの出会いを思わせるその席で、二人が感じたものはなんだったのか――一目惚れという言葉で簡単に片づけていいものなのか。

もっと劇的に、運命とでもいうべきなのか。

ともかく、〝嘘から出たまこと〟というのはあるもので。

今日も今日とて、すでに馴染みになってしまった『グランドオーシャンシップ東京』のシークレットフロアの一室で、フレンチのディナーからベッドインまでの、文字どおりのスペシャルコースを味わったところなのだ。

天蓋《てんがい》つきのベッドの上で一息ついたあと、真広は節からもらったお土産をレオンハルトに見せていた。炎天使フレアと暗黒帝アーベントは、ゲームキャラというだけでなく、記念すべき二人の出会いの象徴でもあるのだから。

「さて、しかし……」

レオンハルトは、ようやく汗の引いてきた肌を輝かせながら、ふと首を傾げる。

「炎天使フレアというのは男ですか？　私が見たゲームのキャラは胸もあったし、もっと女っぽかったですよ」

「ああ、それ、天使って設定だから、性別不明なんだよ。普段は白いチャイナドレス姿だけど、人間に変装するときには、男女どちらのカッコウもするし、胸もあったりなかったりで、そのへんがよけいにオタク心をくすぐるってゆーか。でもって、同人誌でも、女に描かれたり男に描かれたりするわけさ。コスプレにしてもそう。男でも女でもやれるのがいいんだ」

「なるほど」

納得顔でうなずきながら、レオンハルトは真広へと横目で視線を流してくる。

「でも、きみほど似合っている人は他にいませんよ」

うっとりと輝く瞳は、出会いのときのことを思い出しているのだろうか。

「他の誰が炎天使フレアのコスプレをしようと、私の心を動かせはしませんでした。きみだけが本当の意味での、私にとっての救いの天使です」

「口、巧いよなぁ。ってか、恥ずかしくねーの。そーゆーこと言って」

「ぜんぜん。本当のことですから」

実際、微塵《みじん》も照れなどないのだろう。

日本生まれ日本育ちと言っているわりに、こういう部分だけはしっかり西洋人というか、むしろラテン系のノリではないかと思うほどに、率直だ。

「もう一度いいですか？　炎天使フレアを押し倒すアーベントを見たら、またその気になってしまった。私もどうやら、暗黒帝に共鳴しているようです」

「まだやるのかよ。精力ありすぎ……」

呆《あき》れたように言いつつも、落ちてくる口づけを、真広は自ら唇を開いて受け入れる。

いったんその気になったからには、簡単には引かない意志を持つ舌が、真広の口腔《こうこう》内でゆったりと遊びはじめる。

歯列をくすぐり、口蓋《こうがい》を丹念に嘗《な》め回し、舌の根をたどって喉元までも侵入してくる。

その執拗《しつよう》さに、その濃密さに、頭の芯がじんと痺れるような感覚に襲われる。

三十二歳、真広より一回りも年上の男が、『株式会社ダンケルコンサルティング』の重役として確固たる地位を築いている男が、祖国ウォルフヴァルト大公国では伯爵と呼ばれる男が、真広を渇望している。

会うたびごとに、肌のぬくもりを求めずにはいられないほどに、熱愛してくれている。

こうして身体を重ねるのは、何度目になるだろう。

数えてはいないが、ただデートをして食事をしただけで終わるつきあいで満足するほど、二人とも枯れてはいないから、最後はいつもこういうことになる。

(俺……男もいけちゃうクチだったんだよな)

不思議な気分を味わいながら、見つめるさきに、プラチナブロンドから汗を弾かせる男がいる。星屑の煌《きら》めきを宿した青みがかった銀灰色の瞳に映るのは、肌を露《あら》わにして乱れる、真広自身の姿だ。

顔だけなら瓜《うり》二つの双子の妹が、キャンパスのマドンナと呼ばれるくらいで、ルックスだけはやたらといい真広だから、男に告白されたことも一度や二度ではない。

そのたびに、冗談じゃねーっ! と拳骨《げんこつ》つきの返事でかなり手ひどくふってきた。

ナルシストと自認しているし、いやだと言い続けていた女装コスプレも、いざやってしまえばノリノリになるタイプなのに、女あつかいされるのだけは我慢できない。

そっくりな妹が可愛ければ可愛いほどに、男の自分が守ってやらなければならないのだと、兄の使命感を抱いて育ったせいか、イマドキの若者っぽい軽さはあっても、草食系のようにおとなしくはない。

スレンダーな身体は逞《たくま》しさに欠けはするが、性格は無駄に意地っ張りだ。

そして、究極、自分大好き人間なだけに、他人に組み伏せられるのをよしとはしないだろう、と思っていたのだが。

二十年も持ち続けた自負を、こうも簡単にひっくり返されてしまうとは。

まったく、人生とは、一寸先は闇。なにがおこるかわからないものだ。

だが、そこまでの大逆転をおこせるのは、いま真広を抱いている男限定なのだろう。

「ん、あっ……！」

甘ったるい声音が、鼻から抜け出ていく。

真広の膝裏を両手で支えながら、身体を二つ折りにする勢いで伸しかかってくる男の熱い切っ先が、すでに何度かの吐精を受けて、ぐっしょりと濡れた窄《すぼ》まりに押し入ってくる。

ずくり、と脈動しながら進んでくるもののぬめった感触に、内壁が引きつれたようにうねる。

再び汗の浮きはじめた肌に怖気《おぞけ》にも似た痺れが走り、真広は大きく身を震わせる。

「ああっ、レオ……、そこじゃなくて……、もっと、奥っ……！」

欲しいと言いつつ、ときどきレオンハルトは意地悪なほどにゆっくりと真広を焦《じ》らす。

年上の余裕なのか、それとも真広の口から希求の言葉を引き出したいからなのか、いまも深く結合してもおかしくない体勢にもかかわらず、見事に屹立したものは半分も入っていない。

疼《うず》いた粘膜がもっと奥へとり込もうと、呼吸するような収縮を繰り返しているのに、それを承知でレオンハルトは、くすぐるような律動を続ける。

「ん、もうっ……、じ、焦らすなよっ！」

何度目かの懇願をしながら、自ら両脚をレオンハルトの背に絡ませて、もっと深い挿入を促せば、さしものレオンハルトも我慢の限界がきたのか、雄々しくたぎったものを一気に奥まで突き入れてくる。

「あっ、あっ……、く、くるっ……！」

みっしりと中を穿《うが》たれた衝撃で、真広はぶるぶると身悶《みもだ》える。

息の乱れに合わせて上下する胸に、プッチリと堅く色づくふたつの木の実――すでに鋭敏な性感帯へと変えられている乳首が、伸しかかってくる男の胸に擦れては、ちりちりと疼く。

肉の隘路《あいろ》は、奥まで埋め込まれたものを締めつけては緩めてと、まるで愛撫でもするかのような妖しい伸縮で、それが与えてくれる官能を味わっている。

ダイレクトに感じる男の雄々《おお》しい形に、熱に、硬度に、酔わされて、真広はさらに熱く肌を火照《ほて》らせていく。

「あ、はっ……、い、いいっ……！」

本来なら、そんな行為で感じる場所ではない。

敏感な前立腺を擦られるから勃つのだという理屈は知っているが、肉体の機能的なことはともかく、過去に言い寄ってきた男たちをこてんぱんにふった経験のある真広にとって、同性に貫かれているというだけで、じゅうぶん萎《な》えてもよさそうな状況なのだ。

なのに、相手がレオンハルトというだけで、それは一気に快感へと変わる。

そもそも最初に関係したとき、口八丁《くちはっちょう》手《て》八丁《はっちょう》でたぶらかされて、流されたにしろ、同性に抱かれるという不快感を微塵も覚えなかった時点で、じゅうぶんレオンハルトは真広にとっての特別になるだけの要素があったのだ。

「真広、私の光《リヒト》……」

低い声音は、ゾクゾクと耳朶《じだ》をくすぐる。

触れあう肌の感触は、こんなにも気持ちがいい。

無防備に全身をあずけられる安堵《あんど》感は、ひどく癖になる。

とろけるほどの恋情は、甘ければ甘いほどに、手放したくなくなる。

抱き締めれば、それ以上の強さで抱き返されて、息が詰まりそうに胸が逸《はや》る。

すさまじいまでの高揚《こうよう》感を与えてくれる男――レオンハルト・フォン・シュヴァルツマイヤー、黒の軍服が似合いすぎる、美しいゲルマンの騎士。

優雅な紳士の顔と、非情な間諜《かんちょう》の顔をあわせ持つ男。

地中深くその身を潜《ひそ》めながらも輝き続ける、ブラックダイヤモンドのような存在を前にして、魅《み》せられないわけがない。

きっかけは、大事な妹を守りたいというただの独占欲から出たものだったが、特別な出会いは、むしろそんな日常の中に転がっているのかもしれない。

それを奇跡の瞬間と思うか、邪恋への転落と思うかは、人それぞれだが、少なくとも真広は、自分のインスピレーションは信じることにしている。

人の好悪の感情を光と闇に捉《とら》える奇妙な力――レオンハルトが言うところの共感覚とやらがあるがゆえに、それは単なる直感以上の真実味を持っている。

すでに、他の誰の光も闇も見えなくなって、久しい。小学校を卒業したころに消えてしまったから、記憶も曖昧《あいまい》だ。もしかしたら、子供だった自分が勝手に作った夢想かもしれないと思っていたこともあった。

(やっぱり、きれいだよな……)

官能に溺《おぼ》れながらも、うっすらと目を開ければ、そこに蘇《よみがえ》った光がある。

レオンハルトを包むそれは、出会ってからこっち、消えることなく真広の視界にある。

なぜ、いまになって再び見えるようになったのか。どうしてレオンハルト限定なのか。理由はまだよくわからない。

照れることを知らない恋人は、それをぬけぬけと、真広に向かう自分の想いだと言う。

そうかもしれないし、そうでないかもしれない。

実際のところ、それがなにを意味しているのか、真広にもよくわからない。

だが、それがどんな理由であろうが、自分の目が捉えるこんなに美しい輝きが、悪いものであるはずがない。

誰に見えなくても、真広には見える。

こうして身体を密着させていれば、真広自身も光の中に包まれる。

愛の形を見たような気がする。心を手に入れたような気がする。

錯覚であろうとなんであろうと、一人の男のすべてを手に入れたような心地よさに、酔わないではいられない。

「もっと、して……」

抱き寄せれば、ドクンと身のうちで激しく脈打つものが、情熱の深さを教えてくれる。

愛されることの心地よさに、たぶん真広は少しばかり傲慢《ごうまん》になっていたのかもしれない。

「それで、相談なんですが、真広……」

いましも絶頂へ向かって駆け上がっていこうというとき、欲情に掠れた声音が、このときとばかりに、妖しく真広の耳朶に囁きかけてくる。

「んっ?」

「結婚式はどちらでしましょうか? 日本か、ウォルフヴァルトか」

「……は……?」

恍惚《こうこつ》の中で、なにやら珍妙なおうかがいを耳にしたような気がして、真広は目を瞬かせる。

ゆるりと鷹揚《おうよう》に腰を使っている男の、青みがかった銀灰色の瞳が、快感からだけではない悦《よろこ》びに輝いている。

「ウォルフヴァルトでなら、ウエディングドレスも堂々と着られます」

「えっ？　な、なにぃ？　……ッ……あっ、あぁーっ……！」

感じながら、悶えながら、真広は甘ったるい長く尾を引く驚愕の声を、中世の優美に彩られた部屋に、高く低く響かせたのだ。

「結婚式って、なに言ってんだか。マジ、ありえねーから、それ」

気怠い身体をだらりと椅子の背もたれにあずけた真広は、コーヒーカップをのろのろと口に運びながら、呟いた。

ダイニングテーブルいっぱいに並んだ、ブレックファスト。ハムにサラミにレバーソーセージ、プレートに盛られた幾種類ものチーズ。なによりパンの種類が豊富だ。木の実やシード入りのもの、どっしりとした歯ごたえの黒パン、さくっとした生地のカイザーゼンメルなどに、ナイフで切れ目を入れて、好きな具を挟んでかぶりつく。

夏でも、コーヒーと紅茶はあたたかいものを用意する。それから一〇〇パーセント果汁の洋梨のジュース。朝からワインまでが並んでいる。水代わりにワインを飲むのが、国民性らしい。

生まれも育ちも日本であろうと、レオンハルトの生活には、ウォルフヴァルトの風習が根強く染み込んでいるのだ。

真広も、もともとご飯よりパン派だから、ドイツふうの食事は口に合う。だらけた真広の対面で、襟元を正した軍服姿でカトラリーを使う男の姿も、コスプレを見慣れている身には、さほど珍しいものではない。

中世の面影を残した伝統的な風習の色々に驚きはしても、どこかファンタジー設定のゲームのようで、面白くもある。

だがしかし、同性の結婚となれば、話は別。

「俺、日本人だから、同性婚は無理」

「でも、一生を私とともにしてくれるのではないのですか？」

「いや、まあ、なんかいつの間にかラブラブにはなっちゃったしね。けど、そちらさんの国では認められてようと、ここは日本だから。同性婚がどうとか以前に、親父とか知りあいとかに言えるこっちゃないだろう」

「真白さんは、気づいていらっしゃるのでは？」

「うん。なんかそれは双子の勘ってゆーのか。けど、さすがに他の連中は――節だって、妙に気に入られたな、くらいにしか思ってないぜ。ほら、俺、このルックスだからさ」

亡き母親譲りの端整な面立ちに、スレンダーな体型は、アイドルも顔負け。遊びが好きで、楽しいことが好きで、外見だけならモテモテの人生を歩んできた。

「バレンタインデーには、男からもずいぶんとチョコをもらったんだ」

「来年は、私が本命チョコをあげますよ。他の義理チョコはすべて断ってください」

「や、それって、根本的になにか間違ってるから。少なくとも日本でのバレンタインデーは、女が男にチョコを渡して告る日だから……って、おい、話題を逸《そ》らすなよ」

それが誤魔化《ごまか》しのテクだとわかっているのに、ついつい話が本題から逸れていく。

テーマは、『男同士では結婚式を挙げない』だと、しっかり頭に刻み込む。

「褒められたり、好きだって言われるのは、ヤじゃないんだ。そこはほら、俺ってナルだから。けどさ、しつこくまとわりつかれるのはダメなんだ。なんか、いきなりぶちキレるってゆーか。ちょっと短気なとこもあるし」

「違いますよ。きみは素直なんですよ」

「ま、どっちでもいいけどさ。ともかく、いやとなったら絶対にいやなんで、けっこう容赦なくふりまくってたんだ。だから節も、あんたが俺に気があるらしいってことくらいは勘づいてるけど、俺が男を相手にするわけないって思ってるから」

「きみが容赦なく振りまくってくれたおかげで、私はこの幸せを手に入れられたわけですから、感謝しなくては」

「だから、問題はそこじゃなくて」

「わかってます。ご家族やお友達に認めてほしいわけではないのです。せめて、二人で式だけでも挙げたいだけです」

「うーん。そーゆーの、形にこだわるタイプ……だよね、あんたは」
「ですね。ウォルフヴァルトは伝統のある国ですから」
「けど、俺は二十一世紀を生きてるイマドキの若者なわけよ」
言いつつ真広は、シャギーのかかった自分の前髪を、つんと引っ張ってみせる。当然のように
ブリーチしてあるライトブラウンの髪は、軽やかに光を弾く。
「とにかく俺、昭和な感覚ってキライだから。式なんて金のかかるもんは必要ない。婚姻届だけ
出せばいいし。それどころか、結婚しても別姓でいいんじゃねーって思ってるクチでさ」
「私は別姓でかまいませんよ。真広・フォン・シュヴァルツマイヤーは、ちょっと語呂が悪いと
いうか……宇奈月のほうがしっくりきますね」
「いや、そうじゃなくて、俺達的には、結婚自体が無意味だろって話」
長くなりそうな話を切って、真広はたっぷりのチーズとハムを挟んだ、ゴマ風味も香ばしいテ
ーブルロールにかぶりつく。
「私には意味があります。真広……私を導く光《リヒト》。きみがどれほど私にとって特別な人か、きみに
はわからないんでしょうね」
満月の眩《まばゆ》い輝きにも似た真摯な瞳が、真広を捉える。
「他には誰もいなくてもいいんです。お父さんも、真白さんも、節くんも――それは祝福してい
ただければ嬉しいですが。二人だけで神の御前《ごぜん》で誓えたら、それでじゅうぶんなんです」

それがレオンハルトの、本心からの言葉なのはわかっている。

真広の知らないところで、色々と腹黒い商売をしているらしいことは知っているが、真広にうそをついたことは一度もない。だから、これはレオンハルトの切なる願い。

「どうでしょう、このホテルの庭にもチャペルがありますが」

「えー？　ここの庭って、むしろ悪目立ちするぜ」

だが、二人の気持ちの問題ならば、よけいにわざわざ教会で式を挙げる必要はないように思えるのだが。

とはいえ、恋人の願いを無下《むげ》にはできない、と真広は味わい深いパンをもごもご咀嚼《そしゃく》する。

「まあ……さ。どっか小さい教会で、二人だけでってゆーなら」

十字架の前で誓いの言葉を交わしあうくらいなら、正月に神社を参拝するのとたいして変わらない——その程度の感覚で言ったのだが。

「本当に？　では、さっそくですが……」

レオンハルトは目を輝かせるなり席を立ち、キャビネットの戸棚から、なにやらパンフレットらしきものの束を出してきて、テーブルの上に置いた。

「さて、ウエディングドレスはどれにします？　やはり貸衣装ではなく、仕立てたほうが記念の品になると思うのですが」

「は？」

ぽろり、と真広の手から、残ったパンの一かけらが落ちる。

なにかいま、面妖《めんよう》な言葉を聞いたような。

「ウエディング、ドレス……？」

「はい。きみは白が似合うから、楽しみです」

「ちょ、ちょっと待て……。なに、それ？　ウエディングドレスって……俺が着るの？」

「もちろん。私が着たら不気味ですよ」

「俺、男だぞ。な、なんでウエディングドレスなんかっ……！」

「女装、お好きなのでは？　見合いの席にはあんな美しいチャイナドレス姿で……」

「あれはコスプレ！　お遊びの範《はん》ちゅう。マジで女装なんかできるかよっ！」

どん、とテーブルに両手を打ちつけて立ち上がるなり、真広はレオンハルトを睨《ね》めつける。

「やっぱりなし！　この話はチャラ！　結婚式なんて冗談じゃねぇぇぇー！」

2

（やっぱあいつ、俺のこと女あつかいしてないか？）

その問いは、こんな関係になってからこっち、おりに触れてちらちらと頭をよぎっていた。

南天に座する太陽にじりじりと灼《や》かれて、今日もアスファルトの路面には陽炎《かげろう》が揺れている。

駅から家に向かう、徒歩で十五分の距離が地獄のようだ。その上、いまは頭の中も怒りで煮えくり返っているから、相乗効果で苛々《いらいら》は増すばかり。

いつもならディナーまでゆっくりホテルですごしたあと、レオンハルトに車で自宅近くまで送ってもらうのだが、今日は痴話げんかのあげくに飛び出してきたから、歩くしかない。

『ヤヒロ紡績《ぼうせき》』社長という看板を背負っているが、真広の家は決して金持ちではない。

祖父の代に建て替えた家は、そこそこ広い庭に囲まれた古き良き日本の和風建築で、傍目《はため》には中流の上くらいの生活はしているように見えるが、つい最近まで家計は火の車だった。

資金繰りのために事務所や工場までも抵当に入れて、自転車操業の毎日だった。

財布をあずかる真白が、鼻歌交じりにスーパーの特売チラシのチェックをする姿は、宇奈月家の朝には欠かせぬ風物詩となっていた。

父親のために、自分のしたいことも我慢する妹を見ながら、真広のほうは、会社を手放せばむしろ片はつくのだからと、バイトもろくにせずにのうのうとモテモテ人生を楽しんできたが、それでも無駄な贅沢《ぜいたく》をした覚えはない。

こんなときにタクシーを使うなど、もってのほか。

とはいえ、腰の怠さははんぱではない。

(だいたいレオって、優しいようでいて、肝心なところになるとのらりくらりとかわして、最後には自分の意見を押しとおすタイプだからな)

真広がレオンハルトと最初に関係したときが、やはりそんな流れだった。

暖簾《のれん》に腕押しというか、断っても断っても妙な屁理屈で論破《ろんぱ》されて、もう面倒だから少しくらいならいいかと、真広のほうがサジを投げてしまったような記憶がある。

もっとも、本当にいやな相手なら、股間蹴りしてでも逃げ出していただろうから、レオンハルトだけに責任に押しつける気もなければ、恨んでもいない。

こうなったことに後悔はない。

だが、今度という今度は流されるわけにはいかない。男の面子《メンツ》もあるが、まだまだ自分の人生を一人の相手に懸《か》けるだけの決心がつかないというのが、本音かもしれない。

自分の直感を信じる真広だから、いまさらレオンハルトへの恋心が変わったりはしないと思うのだが。それでも、真広はまだ学生なのだ。二十歳かそこらで、将来の相手を決めろと言われて、うなずける日本の若者がどれくらいいるだろう。

（俺が真白だったら……周囲も諸手《もろて》を挙げて祝ってくれるんだけどな）

深刻に悩むタチではないが、あまりウエディングドレスなどにこだわられると、見合いから恋へと進んだ関係自体に、なにか不自然なものを感じてしまう。

もしや、本当は女と思っていたのに、見合いの席に男が現れたので、てきとうに話を作っているのではないか。本当は真白のほうがよかったのではないか——と、そっくりな妹の見合い話として持ち込まれただけに、不快な疑惑が湧き上がってくる。

「あーもー、ぐるぐる悩むのって性に合わねーんだよ」

誰にともなく吐き捨てながら、真広はがじがじとチャパツを掻き回す。

二十年もモテモテ人生を送ってきたわりに、楽しく遊ぶのがサイコーと割りきっていたせいか、恋というのは本気になればなるほど面倒なものなのだと、ようやく真広は気づきはじめていた。

自分の中に、こんなに複雑で乙女な感情があったとは、思ってもいなかった。


「だぁぁー！　あっぢーっ。麦茶くれ、麦茶！」

ようやく我が家にたどりつき、這々《ほうほう》の体《てい》で廊下を進んだ真広は、リビングのソファにどっさりと倒れ込むように腰掛けた。

部屋の中に、なにやら甘い香りが漂っている。菓子でも焼いていたらしい。

「はい、氷たっぷり入れたよ」

「おー、サンキュー」

エプロン姿の真白が入れてくれた麦茶で、渇いた喉を一気に潤して、真広はふーっと大きな息を吐く。

「やーもー、死ぬかと思ったぜ。なんでこんなムチャ暑いんだ」

「だって、まだ三時だよ。いっちゃん暑い中、帰ってくるってほうが珍しいじゃない。また豪勢なディナーを食べてくるかと思ってた。夕食、残りものですまそうと思ってたのに――しょうがないから、節んち行く?」

「行こう行こう。俺んち限定食堂、佐竹家の晩飯のがホテルのディナーより旨いって」

「なに言ってんだか……。どうせまた、くだらない喧嘩《けんか》でもしたんでしょ」

キッチンに戻っていく真白が、背中で言い捨てる。

「あはは……。まあ、ときどきはそーゆーこともあらぁね。――あれ、親父いねーな。日曜だってのにまた工場?」

「張りきってるからね。サイード殿下に、工場を案内するんだって」

最近になって、実にラッキーな合併話が転がり込んできたおかげで、高祖父の代から続く紡績工場もなんとか廃業の危機を乗り越えることができた。これからはオイルマネーがバックについてくれるから、父親は早くも中東向け新製品の開発に意気込んでいる。

「へえー。まあ、いい相手でよかったよな。オイルマネーって、なんか金にあかせて好き放題に買いまくってるって感じがしてたけど、あのサイード殿下は、ちゃんと将来を考えてんだからな。俺とふたつしか違わないのに、一国の王子ともなると、根性とか覚悟が違うよな」

「真広は、根性も覚悟もないもんね。そのくせ意地っ張りってのが、もうね」

「ムウー」

生まれる前から母親の体内でともに育った妹は、なんでもお見通しで、レオンハルトの前では回りすぎるほどの真広の舌も、真白相手にはついつい鈍る。

トレイにクッキーの入った籐籠と、麦茶のお代わりを載せて戻ってきた真白が、そのまま対面の席に腰を下ろす。

返す言葉のない真広は、手持ちぶさたに、まだほんのりあったかいクッキーをひとつとって、口に運ぶ。サクリと歯を立てれば、しつこくない優しい甘さが口の中に広がっていく。

幼いころ、楽しみにしていた母親の手作りクッキーと同じ味だ。

「お、懐かしいもん作ってんじゃん」

「うん。暇だったから。隣で夕食するなら、そのときに持っていこうか。デザートっていうには、ちょっと豪華さに欠けるけど」

「いやいや、じゅうぶんじゅうぶん。俺、好きなんだ、この味」

「お母さんの味だもんね。小さいころ、二人でよく手伝ったよね。粉をこねたりとか」

「むしろ邪魔してたけどな。ふうん……これ焼いてたんだ」

だが、今日は日曜である。お隣さんの節とは晴れて婚約も整い、いまがいちばんラブラブな時期だというのに、デートらしいデートをしているのを見たことがない。

なまじ近場に住んでいて、頻繁《ひんぱん》に行き来しているせいか、わざわざ外出してまでデートをする必要もないということかもしれない。

保育士を目指して頑張っているくらいで、将来設計は真広と比べものにならないほど、しっかりものの真白だが、それでも、もう少し夢見がちなところがあるかと思っていた。

(まあ、あの節じゃしょうがねーか。日曜ってーと、イベントがあるのかもしれない)

だが、婚約者よりイベント優先というのも、それはそれでいかがなものだろう。

いくらなんでも冷めすぎというか、情熱が薄いというか、淡泊というか。

本当のところは、照れているだけのような気がする。

真白の逆転ホームランで、婚約者の立場になったはいいが、どうしていいのかわからずに逃げ回っているような印象だ。

それに比べて、自分のほうはと思えば、知らずにため息が漏れる。

「あーあ、なんでレオは、あんなに鬱陶《うっとう》しいんだろう」

「あーあ、なんで節って、あんなにヘタレなのかしら」

そばに半身がいることすら失念して、二人は同時に真逆の愚痴《ぐち》をこぼしていた。

「え？」

「あれ？」

同時に顔を上げて、しばし視線を合わせていたが、再び同時にがくりと肩を落とす。

「やっぱり節の野郎、逃げてんのか？」

「そっちは……真広のほうが逃げてるみたいね。いいなぁそれって。女から迫るのって、なにか違うんだよね」

「迫ってるんかよ、おまえが？」

「だって、そうでもしなきゃ、手も握ってくれないのよ」

どうやら、まだまだお手て繋いでの段階でしかないようで。妹をとられた兄として、なんとはなしにほっとするのだった。だが、そんな真広の心根はすっかり顔に表れていて、真白のほうは、憤懣《ふんまん》やるかたない表情だ。

「真広は、鬱陶しいほど迫られてるんだ」

「うーん。ほら、あっちは騎士の家系だから、情熱的ってゆーかね」

「ふうん……。じゃあ、真広がお姫様なんだ」

いつもにこにこ、はんなり笑顔の真白が、珍しく不満げに頬を膨らませる。

女の自分がなかなか節のお姫様になれないのに、男の真広がお姫様という図が気に入らないのだろうか。こんなことで拗《す》ねるほど、狭量《きょうりょう》ではないはずと思っているとき。

「狡《ずる》いなぁ。真広は私の王子様だったのに」

何気なく……本当に何気なく、真白がぽつりと言った。

「え？」

「だって、私、節がいなかったら、ずっと真広といっしょにいたと思うもん」

どうやら不満げな口調の理由は、ヘタレすぎる節のことではなく、大事な真広を男なんかに横どりされたことのようだ。

「嬉しいことも、哀しいことも、ぜーんぶいっしょに経験してきたじゃん。真広といるのがいちばん楽しいし、いちばん安心できるし」

幼かった日々を思い出しているのか、両手で頬杖をついて、とりとめのない視線を宙に飛ばしている。薄い紅を差した口元は、懐かしげに微笑んでいる。

「ね、真広だって、そうでしょう？」

ずいっと身を乗り出しながら問われて、間近にある自分と同じ顔に思わず見入ってしまう。

いまさらながらなにやら照れて、真広はしらりとそっぽを向きながらうなずいた。

「ん、まあな」

互いの言葉の中にどんな深い想いがあろうと、それを表す必要はない。

いっしょに生まれて、いっしょに育った。哀しみは分けあって、喜びは与えあって、そうして人生の大半を傍《かたわ》らですごしてきた半身を、好きにならないわけがない。

でも、真白も、エプロン姿が亡き母に重なるような歳になった。

たぶんもう、身代わりができるほどには似ていない。

入れ替わって遊んだ幼い日々には、もう決して戻れはしない。

そう思えば胸はしくりと切なく軋《きし》むけれど、たぶんそれでいいのだろう。

「お兄ちゃんがいちばん、って言ってもらうのが理想だけど。まあ、しょうがないよな。いまは節の次で我慢してやるよ」

「ふふん……。真広だって、レオンハルトさんの次でしょう？」

互いに違う恋人の手をとって、徐々に二人の道は分かたれていく。だが、どれほど離れても、どれほど時間がたっても、二人でいっしょにすごした思い出が消えるわけではない。

「いや、俺は真白がいちばんだなー。レオは、なんかちょっとウザイってゆーか、思考回路が妙なとこあるってゆーか。男の俺にウエディングドレスを着ろだとか、教会で二人っきりで式を挙げたいだとか、言うかよふつー？」

うんざりとこぼして、真広はだらりと背もたれに寄りかかる。

「あー、贅沢な悩み。超羨《うらや》ましいぃ。それ、女の子の夢じゃない」

「だから、俺は女の子じゃないから、嬉しくねーっての」

「いいじゃん。顔は私と同じなんだから、ウエディングドレスだって似合うよ」

「いくら似合っても、そんなカッコウできるかって」

「あーもー、狡いぃー。なんで節にはそれっくらいの情熱がないの？　こんなに可愛い私に愛されてるのに」

「うーん……。節はなぁ、なんとなく理由がわからなくもない」

「え？　なになに？」

「ようはおまえ、男を見る目がないんだ。てゆーか、男運がない」

「あー、ひっどぉーい！」

真白は目をぱちくりと瞬かせると、おもむろに唇を突き出した。

もたれかかっていたクッションをつかんで、真広をぽかぽかと叩く。

「悪魔がいる、悪魔が！　一人でラブラブしちゃってぇ！　えーい、怨念《おんねん》送ってやる。贅沢者に天罰が下りますように」

「こーら、八つ当たりはやめれ。ヘタレ男を選んだのは、おまえじゃねーか」

「ヘタレじゃないもん。優しいだけだもん。もーっ、神様仏様、真広に超特大の天罰、落としちゃってください！」

「落ちねえ、落ちねえ。俺は男運がいい」

ソファの上で二十歳にもなった二人が、子供のように口喧嘩をして、ふざけあって、じゃれあって、最後には二人ともギブアップしてへたり込む。

肩を寄せあい、頬が触れるほどそばで、真白の弾む息を感じていても、真広の心はもう以前のように禁忌の想いに波立ったりしない。

そのことにほっとする。

大事な大事な真白が、ようやく本当に妹になった。

妹の幸せを心から願える、兄である自分になれた。

触れあう体温を感じながら、呑気《のんき》に自分の幸せの上にあぐらをかいていた真広は、このあとにおこることをまだ知らない。

呪いの言葉は決して口にしてはいけない。悪魔はどこかで聞き耳を立てている——二十一世紀になってもなお伝説の中に生き、言霊《ことだま》を信じ、自分の身を守るために魂の名前を持つウォルフヴァルトの貴族達なら、そう忠告したことだろう。

真白がクッション攻撃といっしょに送った怨念は、思いもよらぬ形の天罰となって、真広の頭上に降り落ちてくることになるのだ。

3

ここ数日、真広はレオンハルトからの謝罪メール攻勢にあっていた。昼夜かまわず一、二時間おきに送られてくるメールで、真広の携帯はパンク寸前の状態だった。

それでも今度はうかうかと流されるわけにはいかないと、ひたすら無視を決め込んでいたのだが、さすがに三日目になって削除するのも面倒になり、こうして直接の抗議にやってきた。

ホテルの密室では、まともな話もできない。寝技に持ち込まれて、官能の中で甘い囁きでたらし込まれでもしたら、断りとおす自信がない。

なので、今日は珍しく、六本木《ろっぽんぎ》でのウィンドウショッピングに誘い出した。

秘密の話は、むしろ人混みの中でするほうが目立たない。行き交う通行人が防護壁になってくれるから、レオンハルトのほうも色気攻撃を繰り出せずにいる。

おかげで真広は、安心してダメ出しができる。

「やっぱ無理だって。結婚とかって、ぜんぜん現実味がねえ」

ふと見つけた、ウェリントンタイプの眼鏡フレームを試しにかけてみながら、やっぱり俺ってなんでも似合うじゃん、と悦《えつ》に入る。

「やはりダメですか……」

鏡を覗き込む真広の背後で、三十二歳にもなった大の男が、叱られた子供のようにしゅんとうなだれる。今日は街中とあって、普通の黒シャツ姿のせいか、軍服のときより迫力に欠ける。

そんな姿を見てしまえば、ちょっとかわいそうかな、と流されてしまいそうになるから、周囲を無関係な証人で埋めつくすという選択は正しかったのだと思いつつ、人波に乗って歩き出す。

「だってさ、考えてみろよ。俺、まだ二十歳の大学生だぜ。普通に恋愛してたって、この歳で結婚とか考えるヤツのが少ないって」

「そう……。ここは日本なんですよね」

見回せば、夕暮れの街の、浮かれた様子が否応《いやおう》なしに目に入る。

暗くなってからが本番だと、どう見ても十代の若者達や、会社帰りのサラリーマンが向かうさきには、一夜の享楽《きょうらく》が待っているのだろう。

「ウォルフヴァルトではない。世界一平和で、世界一長寿の国。私はここで生まれ育った。伯爵位を賜《たまわ》り、軍服を身にまとっていても、知識として以外の祖国を知らない」

「だよな。お父さんだって、『ひ』が発音できない江戸っ子なんだもんな」

「ええ。当然だけど、日本のほうが身に馴染んでいる。そのせいか、たまにウォルフヴァルトに行くと、奇妙な違和感を覚える。知っている国のはずなのに、自分だけが本当の苦労も知らず、楽をして生きているような……」

どこか心許なさげに、レオンハルトは、軍服ではないただの黒シャツを見下ろす。

「こういうカッコウでいれば、外国人の多いこの界隈《かいわい》では、さほど目立つ存在でもない」

「いや、それはない。じゅうぶん目立ってるから。美形って意味で」

冗談じゃない、と隣の男を見上げながら、盛大に驚いてみせた真広の肩が、そばにいた通行人にぶつかる。

「おっと、悪い」

「あーっと、ごめん……」

ほとんど同時に言った相手の顔を見て、真広は、おや？　と目を瞠《みは》る。相手も、あらら、と驚きの表情を見せる。ガーリー系のカットソーに、細い脚を見せびらかすようなチュールスカートが似合う彼女は、大学の同期の伊藤加奈《いとうかな》だった。

「おー、加奈、偶然だな。なに、買いもの？」

「人と待ち合わせ。早く着いちゃったから、ちょっとぶらぶらと……そっちは？」

すぐに真広の隣に立つ男に気づいた加奈が、興味津々の上目遣いで問いかけてくる。

「あ、こいつ俺のカレシ。いまつきあってるんだ」

知りあいに言えることではないと、断りの理由にしていたわりには、真広は口が軽い。

「ええーっ？」

加奈は往来だということも忘れて、素っ頓狂《とんきょう》な声をあげた。自分で自分の声に驚いたらしく、慌てて口元を押さえると、伸び上がるようにして真広にひっそりと問いかけてくる。

「あんた、そっちはダメだったんじゃなかった？　告ってきたヤツ、いきなりぶん殴ったことあったじゃないよ」

「まあ、過去は過去。意外と許容範囲、広かったみたい。てゆーか、俺、メンクイなんだよな。男でもこれだけ美形なら、くらっとこないか？」

「うーん、確かにメッチャ美形なんですけど。なに、どうやって知りあったの？」

「見合いしたんだ」

「はあー？　見合い、って……お見合い？　なにそれ、男同士で……マジ？」

そこまで言って、なにかにピンときたのか、加奈はいきなな渋面を作った。

「あー、なんかわかっちゃった。あんた……また真白の身代わりやったんでしょう」

「ピンポーン！　大当たり」

「あんたのそーゆーとこ……マジでダメだわ、私」

がっくりと肩を落としながら吐き捨てると、もういいと言わんばかりに真広を無視して、再びレオンハルトを見上げた。

「どこのどなたか知りませんが、奇特《きとく》なお方ってゆーか。こいつ我《わ》が儘《まま》なやつだけど、せいぜい繋いでおいてください。他に犠牲者が出ないように」

可愛いだけでなく、経済学部でも知らぬ者はない才媛なだけあって、頭も切れる。好きなように真広をこき下ろすと、急ぐから、とスカートの裾を翻《ひるがえ》して雑踏の中に消えていく。

「お友達ですか。いいんですか、私のことを言ってしまって？」

「ああ、あいつはいいの。元カノだし、口が固いから」

「え？」

「大学入ってすぐのころ、つきあってた。一月ももたなかったけど。俺のシスコンっぷりが我慢できないってさ。まあ、加奈にかぎらず、だいたいそれが原因で別れるハメになるんだけど」

何気なく言いつつ歩を進めた真広は、隣にいるはずの男の気配が薄らいでいくのを感じて、振り返る。レオンハルトは呆然《ほうぜん》とした感で、立ち止まったままだ。

「どした？」

「いえ。元カノと、あんなふうに話せるものなのだなと……」

大きなストライドであっという間に追いついた男の横顔に、戸惑いの苦笑が浮かんでいる。

「俺、二十年、モテモテの人生だったんだぜ。何人とつきあってきたと思ってんの？　いちいち絶交してられるかって。あいつとは履修科目ダブってるから、いやでも顔を合わせるし」

たとえ、一晩かぎりのお持ち帰りにしろ、気が合わなければ無理というもので。

どれほど刹那《せつな》的であろうと、嫌いならつきあったりしない。顔が好みだったか、性格がよかったか、二人きりの夜を迎えたいと思った段階で好意はあるのだ。

最後には罵詈《ばり》雑言《ぞうごん》の雨あられをくれて去っていった相手であろうと、楽しい時間を与えてくれた元カノ達を恨む理由などひとつもない。

「俺、修羅場《しゅらば》ってダメだから。どろどろしてるのって、マジでごめんって感じ。まあ、ほとんど俺がふられたわけだから、そんなこともなかったけど」

逆に言えば、それほど真剣な恋ではなかったということなのかもしれないが。それでも、一度はつきあった相手を嫌うというのは、真広にとってひどく難しい。

「——でも」

レオンハルトの常よりさらに抑揚《よくよう》を欠いた声音が、隣で響いた。

「私は最悪なほど、どろどろですよ」

そんなところばかり自信を持つか、と真広は、なにかと薄暗いところのある恋人の自虐《じぎゃく》趣味につくづく呆れて、こっそりとため息をついたのだ。


結局、やはり街中でするには深刻すぎる話だと、『グランドオーシャンシップ東京』のいつもの部屋にやってきてしまった。レオンハルトは、それでなければ気が引き締まらないのか、さっそく軍服に着替えながら、真広の元カノの値踏みをしている。

「可愛い人でしたね、元カノさんは。なのに、ただ可愛いだけでなく、芯がしっかりしている。好奇心が強くて、人間観察ができて、いやなことはいやと言える」

身を整えると、ソファに陣どった真広の横に、腰掛けてくる。

「つまり、まだお会いしたことはないけど、真白さんに似たタイプということかな?」

「だからー、それはしょうがねーって。俺の理想の女の子は真白だったんだから」

「私、は少しも似たところはないんでしょうね。それは男だから、可愛くなくても当然ですが、性格的にも、真白さんやきみの元カノ達は、もっとずっと前向きのようだ」

話だけならともかく元カノだった加奈の姿を見てしまったせいか、レオンハルトの愚痴が止まらなくなってしまった。

「だーから、比べるなって。あんたはあんた。だいたい、男を好きになった時点で、もう真白とは違うってこと、わかってんだろう」

「私は少しもいいところがない。ちょっと見てくれが日本人と違う……だから印象に残るというだけのことです。この姿も、結局のところ、きみの言うコスプレと大差ない」

「いや。それは本物だから。生地とか仕立てとか、ぜんぜん違うし」

「そういう意味ではなくて、形だけなんです。祖国を本当には知らないから、よけいにあちらの伝統や風習にこだわる。よりウォルフヴァルトの民たらんとあがいている」

どうせ、存在自体を認められることのない暗闇《ドゥンケル》の一族だから、自分の代で終わらせるとの諦念《ていねん》の上で生きているように見えながら、実はまだ、必死になにかにすがっている。

自分の存在を、闇の仕事もひっくるめて認められたいと、願っている。

あきらめきれない想いを抱えている。その軍服の胸のうちに。

「ウォルフヴァルトの騎士は結婚のさい、主から祝福の儀式を受けるのです。貴族の場合、主は大公家――現グスタフ大公ということになります」

伯爵などという体裁のいい身分ではなく、忌むべき存在としての自分を――いまとなってはもはや間諜の役割を担う必要もなく、財を蓄えることで国家に尽くすことしかできない、ゆらゆらと心許なく揺れる自らの存在意義を、確かな形で認めてほしがっている。

「むろん私のような新興貴族が、そのような光栄によくすることはありませんが。それでも、伴侶を迎えることには、大公家への報告と許可がいるのです」

「つまり、俺を伴侶に迎えたくても、大公家に許してもらわないとダメなんだ」

「いまは建前だけになっていますが、それでも報告の義務があるので……。実は、伴侶にしたい人がいるので許可をいただきたい、と報告してしまったのです」

レオンハルトは悪戯《いたずら》をした子供のように、どこか所在なさげに告げる。

「はぁー？　俺、ダメだって、このあいだから言ってるよな」

「なんというか……気持ちが逸ってしまったようで」

「あー、それだけじゃないだろう。既成事実を作っちまえば、俺がしょうがねーって折れるとでも思ってるんじゃねーの」

「それも……ちょっとあります」

「やだ！　絶対やだ！　無意識に先走ってるわけじゃないだろう。得意技なんだよな、あんたの。相手を煙に巻いて、自分の望む方向へ持ってくのが」

平然と『ダンケルコンサルティング』は、ハゲタカファンドだと言ってのけた男だ。口八丁手八丁、言葉巧みに相手を誘導するのは、得意中の得意。

それでも真広には、自らこうして手のうちをさらしてくるから、だますつもりだったわけではないのだろうが、どうにも小狡い技が身についてしまっているようだ。

「撤回して。その大公家とやらに、あれはなかったことにします、って訂正しといて」

「けれど、それでは私の面子が……」

「知らねーよ、伯爵様の面子なんて。俺は日本の庶民っすから」

「でも……」

レオンハルトの、その身を包む光輝とともに、すがるような視線が真広を捉える。

（あーあ、今度は捨てられたワンコ攻撃かよ）

暖簾に腕押し作戦の次は、強行突破。それでもだめなら、泣き落とし、すがり倒し――この男は実に恥も外聞もなく、次から次へと新たな攻勢をかけてくる。

だが、取っ替え引っ替えの寄手《よせて》に振り回されるのもいいかげんにしておかないと、ある日気がついたら、ウエディングドレスをまとって、教会の赤絨毯《じゅうたん》の上を歩いていた、なんてことになりかねない。

「そんな顔しても、今度だけはダメだから。さっさとお断りの連絡しちゃって」

真広はぴしりと言って、キャビネットに置かれた、クラシカルなダイヤル電話を示す。

「ダメですか……」

どうあっても、真広の気持ちを変えられないと悟ったのか、レオンハルトは渋々といったふうに受話器をとる。国際電話を交換手に申し出て、ドイツ語でなにやら説明をしはじめた。

そのときだった——。

廊下のほうから、妙にざわざわとした気配が聞こえてきた。

そこはＶＩＰ御用達《ごようたし》のシークレットフロア。何重ものセキュリティが施されているから、この部屋を使いはじめて以来、ホテルマン以外の人間に侵入されたことはなかった。

だが、明らかにいま、徐々に近づいてくる足音は、この部屋の内部の廊下を進んでいる。

「誰……？」

「さあ。国の者が使うにしても、先客優先ということになっているはず……」

怪訝《けげん》そうに呟くレオンハルトが歩み出すよりさきに、観音開きの扉が開いた。いっせいに雪崩《なだ》れ込んできたのは、マフィアの団体かと疑いたくなるような、黒服にサングラスの男達だった。

その中心、否応なしに目に入る白い礼服姿の男を見て、レオンハルトが顔色を変えた。

「殿下……!?」

滅多《めった》に驚きを表さない男が慌てて膝を折って拝礼した相手は、まさに『殿下』の呼称にふさわしすぎる姿をしている。

端整な面を縁取る緩やかなウェーブを描いたブロンドは、窓から差し込む陽差しを受けて輝きながら、背まで垂れ落ちている。ふた粒のサファイアのごとき瞳は、鮮《あざ》やかな色の奥に強固な意志を秘めて、その場を射すくめる。

「久しいな、レオンハルト。叙爵式《じょしゃくしき》以来か?」

「は。そのおりは過分な恩賞を賜り、感謝の言葉もありません」

「感謝ならば、闇に生きた名もなき先達《せんだつ》にするがよい」

まっ白に輝く燕尾服《えんびふく》を金色の肩章や飾り紐《レニヤード》で彩《いろど》った姿は、どこから見ても、女があこがれに描く永遠の理想像、〝白馬の王子様〟そのもの。

「えーと、その人、誰……?」

真広の唖然《あぜん》とした問いに、跪拝《きはい》したままのレオンハルトではなく、黒服集団の中の一人が進み出て告げる。厳《いか》つい顔、逞しい体軀《たいく》。茶色の髪。いかにもゲルマンの男という風貌である。

「礼節をわきまえよ。このお方は、ウォルフヴァルト大公国第二王子、フリードリヒ・フォン・ヴァイスエーデルシュタイン殿下であらせられる」

「はいぃ……?」

名前以外は日本語だったのに、とっさに理解しかねるほどの仰々《ぎょうぎょう》しい尊敬語に、殿下とやらのご身分以上に、真広は目を丸くしたのだ。

4

真広はいま、所在なくソファの隅っこに腰掛けて、両膝を抱えて小さくなっている。

レオンハルトはフリードリヒ殿下とやらの前に立ち、何事か話しあっている。

ドイツ語だから内容はわからないが、ときおりレオンハルトの口から出る『マヒロ』という名前だけは、いやでも耳が捉えてしまう。

どう考えても、真広との関係について詰問《きつもん》されているようにしか思えない。ことのしだいを説明させている尊大な王子に、臣下が言い訳めいたことを返している、という図式だ。

そのわりに、フリードリヒのサファイアブルーの瞳は、ひどく冷淡な一瞥を最初に投げかけて以来、まったく真広を見ようとはしない。

貴族の結婚には大公家の許可がいるとのことだったが、このタイミングから考えると、レオンハルトの勇み足の結婚報告に憤《いきどお》っているのかもしれない。

(いくら同性の結婚が許されてるっていっても、日本人の男を妻にするって報告したんだから、なに考えてんだ、てめー！　って話にもなるよな)

居心地悪いことこのうえないのだが、周囲には黒服軍団が立ちはだかっているから、逃げ出すこともできない。

中の一人が、金象嵌《きんぞうがん》の細工も見事な剣を備え持って、王子の背後にひかえているのが、真広には気になってしかたない。いきなりお手討ちなんて展開にはならないとは思うが、苛立ちのこもったフリードリヒの声は、それに似合いすぎるゴシックを模《も》した部屋に響き渡っている。

身長はレオンハルトのほうが、わずかに高い。黒の軍服姿の凛々《りり》しさも、プラチナブロンドの美しさも、どちらも遜色《そんしょく》のない優雅さに満ちている。

その上、真広には恋人の欲目というスパイスがあるにもかかわらず、両腕を腰に当てて居丈高《いたけだか》にレオンハルトを見据える王子のほうが、遙かに印象が強い。

王子と臣下という立場の差だけではない。レオンハルトには、常に暗闇《ドゥンケル》の一族としての陰がつきまとう。かたやフリードリヒには、一国を支える者の誇りが漲《みなぎ》っている。

（レオももろにゲルマン系ってルックスだけど。てことは、あのいつの時代よって感じのロンゲのパツキンも、青のコンタクトレンズみたいな瞳も、ぜぇーんぶ自前のモノホン王子様か）

英国王室のプリンスでさえ、ヘアスタイルくらいは現代ふうなのに、肩から背までを覆う波打つ金髪の、なんと見事なことか。

二人が並び立つさまを見ていると、そこだけ百年ほどタイムスリップしたような錯覚に陥《おちい》る。

（ゴシック系のヴィジュアルバンドにしても、ここまでのは見たことないぞ）

あの姿で、黒服にサングラスのSP軍団を引き連れてホテル内を闊歩《かっぽ》しているとなれば、それはもう『炎天使フレアと暗黒帝アーベント行幸《ぎょうこう》の図』を上回る、珍道中。

不況の風の吹きまくる昨今に、こんな面白いものを見ることができる『グランドオーシャンシップ東京』は、やはりどこかぶっ飛んでいる。

などと思っているとき、突然、フリードリヒの声が、やけにはっきりと耳に届いた。

「私は何者ぞ？」

偉そうな日本語で、明確に言う。

レオンハルトを射すくめる、ふた粒の瞳は猛禽《もうきん》のごとく。

その声音もまた獣の咆吼《ほうこう》にも似て、中世の栄華に満ちた部屋の空気を震撼させる。

「私は何者ぞ？　レオンハルト・フォン・シュヴァルツマイヤー」

再びの問いに、レオンハルトは深く頭を垂れる。

「は、ウォルフヴァルト大公国第二王子、フリードリヒ・フォン・ヴァイスエーデルシュタイン殿下でおわします」

「そうだ。ウォルフヴァルトの第二王子。『炎のフリッツ』と畏怖《いふ》される者。その私を謀《たばか》るか。一身を賭《と》して私に尽くすとの誓いを、はや忘れたか？　獅子の名を持つ男が、平和ぼけの国で暮らすうちに、狼の牙さえなくしてしまったか？」

「いいえ、決してそのような……」

「では、なにゆえ自らの言を翻す？　この私の前にあって」

その威光。その矜持《きょうじ》。そこには真広の知らない世界がある。

中世の君主制を、いまもって守り抜いている国がある。

強大な周辺諸国の中にあって、常に侵略の憂き目にあい続け、民が心をひとつにして公家の下に寄って立たねば、歴史の波の中に呑まれてしまうほどに、虐《しいた》げられた民族があった。

そのことを真広に聞かせるために、フリードリヒは日本語を使ったのだろう。悄然《しょうぜん》とうつむくレオンハルトから視線を外し、真広へと向けてくる。

視界に捉われただけで、身が引き締まるような気がしてくる。

「ひとつ訊《き》く。そこなハナタレ小僧。伴侶の誓いの式を断ったとは、本当か？」

他人を不快にすることに慣れきった、尊大な態度に、侮辱《ぶじょく》的表現。

「ハ、ハナタレ小僧……？」

いくらレオンハルトの主である大公家の王子であろうと、これには真広もカチンときた。

「恋人ではあっても、ウォルフヴァルトの騎士の伴侶になれぬということか？」

「だって、俺は日本の一庶民っすからね。そちらのお国の風習とか伝統とかって、なにそれ何百年前の話？　って感じで、わけわかんねーって」

「ほうー。この私の前で、我が国を愚弄《ぐろう》するとは、いい度胸だ」

サファイアブルーの瞳に、めらりと燃え上がる怒気を感じて、真広は息を呑む。

炎は高温なほど青いということを思い出させるような、触れれば火傷しそうな激情の色だ。

不穏ななりゆきを察知したレオンハルトが、フリードリヒの背後で必死の言い訳をする。

「殿下、ご承知のとおり、我が国の歴史と伝統は西洋にあってさえ異質。なのに、流浪の民族の悲哀を知らぬ日本の若者に、それを押しつけるわけにはまいりません」

フリードリヒは不遜な態度のまま、美麗な眉を怪訝に寄せる。

「それは逆ではないか。封建的父権家庭を引きずっていた時代ならいざ知らず、昨今の若者は考え方はむしろ柔軟だ。同性愛に対する認識も変わってきている。親に認めさせろと言っているわけではない。主の前で誓いを交わすだけのことを、どうしてそうも頑《かたく》なに拒絶する？」

だが、真広は頑なになっているわけではない。それこそイマドキの若者の、仰々しいのはご免だという感覚からはじまって、ついでにレオンハルトが強引すぎることへの反発も手伝った、単なる意地っ張りにすぎないのだ。

だが、どうやらあまりに軽くことを考えすぎていた、と真広もようよう気がついた。

わざわざ大公家の第二王子が祝福のために足を運んでくる——それほどの大事だとは思ってもいなかった。カルチャーショックというのだろうか、なにかと違いはあるが、そこは愛で乗り越えようぜ、と笑っていられるほど実は単純なものではなかったのだ。

「真広は、ほんの少し意地を張っていただけなのです」

だが、レオンハルトのほうは、どうやら真広との感覚の違いに気づいていたのだろう。

「悪いのは……不安ゆえに、勝手に話を進めた私のほうなのです」

必死に真広の弁護をするあいだも、二人のあいだに横たわる埋められない溝の深さを感じてか、切なげに表情が陰る。

そんな二人の関係のぎこちなさを、フリードリヒはすかさず見抜く。

「おまえが繋ぎ止めておこうとした気持ちをくみとれぬ、その程度の者――ということであろう。二十一世紀にあってもなお中世の伝統が息づく国、それがウォルフヴァルトだ。それすらわからぬ者を、私の騎士の伴侶と認めることはできぬ」

きっぱりと言いきると、フリードリヒはもう用はないと言わんばかりに、礼服のテールを翻して踵《きびす》を返した。

「その男を選ぶなら、私の騎士であることを辞めよ。おまえの代でドゥンケルを辞したいというなら、それも許す。私が決めることではない」

勝手にしろと。大公家とは無縁のことだと。好きなように生きろと。

「お待ちください、殿下……！　私の殿下への忠誠は決して……」

慌てて追いすがるレオンハルトの言葉を遮るように、フリードリヒは足を止め、振り返る。

端整な面にすでに怒りはない。ただ少しばかりの失望と諦念があるだけだ。

「わからぬか？　私はもはや、おまえを信じられぬのだ。伴侶の言葉に翻弄されるほど心弱き者では、私に仕えるには足りぬと知れ」

「殿下……」

あまりに冷徹な物言いに、闇の存在であるレオンハルトでさえ、顔色をなくす。

なんて残酷な言葉。まるで呪いのような展開。

（なんだよ、それ？　なんで、そんなこと言うんだっ？）

贅沢者に天罰が下りますように、と真白がふざけて送った怨念が、まさにレオンハルトの身に落ちたのかもしれない。レオンハルトの愛に溺れて、我が儘だったのは真広のほうなのに。

（天罰なら、俺に下せよ、王子様！）

ふざけるな、と一気に真広の頭が沸騰《ふっとう》する。時代錯誤もはなはだしい、この上から目線の王子様はいったいなんなのだ？　と勢いにまかせて歩を踏み出す。

「ちょっと待てよ！　なんだよ、あんた。そりゃあ俺みたいな日本のハナタレ小僧じゃお気に召さないんだろうけど、その言い方はないんじゃねー？」

「ほう、盾突《たてつ》こうというのか。炎のフリッツと恐れられる、この私に」

「あー、わけわかんねーよ。なに？　炎のなんとかって、こっちは炎天使フレアだぞ」

もっとわけのわからないことを威張《いば》って言って、真広はむんと胸を張る。

「レオはね、日本の中小企業のひとつやふたつ潰すのはなんでもないって、平然と言ってのけるけど。本当はちっとも平気じゃないんだ。誰にも認められない存在なら、自分の代で終わりにしたいだけなんだ」

「だから、好きにするがよいと言っている」

「その言い方が違うだろう！　引き止めてやれよ！　惜しいな、って言ってやれよ」

「なに？」

「俺、レオにドゥンケルの仕事なんてやってほしくない。やってほしくないけど、いま、あんたに見捨てられたら、レオはどうなるんだよ？　散々、汚いことやらせておいて、気に入らなくなればポイ捨てかよ？」

この態度も言葉遣いも不敬罪とかになるんだろうな、と頭の隅で思いつつも、いったん堰《せき》を切った言葉は止まらない。天罰なら、いくらでも自分に落ちればいいのだ。

「自分でハゲタカファンドなんて言うような、そんなの変だけど——でも、それがレオの誇りなんだって。卑劣《ひれつ》なことをしてるのはわかってて、それでも祖国のためならって、いままで頑張ってきたんだぜ」

「真広……」

感極まったようなレオンハルトの手が真広の肩にかかっても、最後まできっぱり言い放つ。

「こいつはね、どんだけ手を汚そうと、それが祖国のためなら、平気で自分を犠牲にできるんだ。そうすることが自分の使命だと信じてるんだよ、誇りなんだよ！　伯爵様になるより、暗闇《ドゥンケル》の一族としてよくやってきた、って言ってほしいんだよ！　そのくらいわかんねーの？」

真広の勢いを警戒してか、じりっと包囲を狭めてくるSP達をフリードリヒは手で制止しながら、うんざりとため息をついた。

「わからぬはずがなかろう。私もまた、秘密結社ドゥンケルの一員なのだから」

「へっ……？」

その瞬間、とんでもないマヌケ面をさらした真広の隣で、レオンハルトはどこか困ったような、嬉しいような微苦笑を浮かべた。

「フリードリヒ殿下こそ、ドゥンケルの総帥《そうすい》であられる。殿下の下知《げち》があればこそ、我らも躊《ちゅう》躇《ちょ》なく動くことができる。誇りを持って仕事を続けることができる。殿下が、すべての責を負う、と言ってくださるから」

「総帥……？」

真広は唖然とフリードリヒを見つめながら、おうむ返しに呟く。

「私は第二王子だ。兄上に高潔な皇太子でいていただくためには、憎まれ役を買って出るくらいのことができねば、どうしてドゥンケルの使者らに、手を汚せと命ずることができよう」

「じゃあ……薄暗い仕事の大親分ってこと？」

つまり、暗黒帝アーベントをさらに陰から操る、最強のラスボスということか。

「千年もの長きに渡って、シュヴァルツマイヤー家は、ウォルフヴァルトの影の部分を担ってくれた。名も残せず、歴史にも刻まれず、暗闇《ドゥンケル》の一族とうとまれようとも、誰かが手を汚さねばと身を削って故国に尽くしてくれた。レオンハルトの祖先がなしとげた偉業を、誰が知らずとも大公家の者は未来永劫忘れはしない。それが私にとっての、レオンハルトの価値」

「はあ……。じゃあ、なんで文句言ってんの？」

「ならばこそ、わざわざこうして足を運んだのに、儀式はせぬと言う。一生を誓う相手を見つけたと聞いたのに、簡単にそれを翻す。その軽率さも許せんし。私も忙しい身だ。無駄足を踏まされたとなれば、腹も立つ」

「無駄足……？」

呟いて、真広は首を傾げる。

「えーと、ちょっと待って……、じゃあ、この騒ぎの元凶って……？」

つまり、同性との結婚自体に反対しているわけでもなければ、それが日本のハナタレ小僧だということが気に入らないわけでも、自らの代でドゥンケルを辞したいというレオンハルトの願いを非難しているわけでもないらしい。

「もしかすると、この騒ぎの原因って……俺が式を渋ったこと？」

真広は冷や汗を垂らしながら、人さし指を自分に向ける。

「おまえがレオンハルトの恋人ならば、そういうことになるな。それともただの友人か？」

「恋人だよ、それは確か！」

それだけは、自信を持って言える。とはいえ、レオンハルトの伴侶となるには、たぶん、それだけではだめなのだ。

「ならば訊く。ウォルフヴァルトの民で、国に忠誠を誓わぬ者はいない。私とて、祖国のためにこの身を泥の中に沈めてもかまわぬ覚悟でいる。だが、おまえには、どんな覚悟がある？」

もっと揺るがぬ決意を要求して、フリードリヒが問う。

「私の部下でいる以上、レオンハルトは私のために命を捨てねばならんのだぞ。おまえのためにではない、私のためにだ。私とおまえが同時に命の危険にさらされたら、まず私を守らねばならぬ立場なのだ。その意味がわかっているか？」

「ふざけんなよ！　俺だって男だぞ。守ってもらいたくて、レオを選んだわけじゃない。俺なんかでも、少しはレオの力になれる……かもしれない……。そりゃあ、平和ボケの国に生まれ育って、いきなり実戦とか言われたら、ちょっと無理っぽいけど。邪魔にならないように気をつけるくらいしか、できないけど……」

「口先だけならなんでも言えるな。いまは恋に溺れているようだが、それもいつかは熱が冷める。相手が同性だということ、戦う民であること、ときには本当に命を懸ける仕事も請け負わねばならないこと——それらすべてを承知しているのか？」

「わかんねーよ、そんなの！　俺、将来のことをあれこれ考えるタイプじゃねーもん。いまが楽しきゃいいじゃん」

自慢するようなことでもないのに、堂々と胸を張る真広に、フリードリヒは心底から呆れたように首を振る。

「ふんぞり返って言うことか」

「そういう俺が、どう考えたって面倒のほうが多そうな相手を選んだってだけで、もうじゅうぶんに特別なんだよ。俺、偉そうに将来のことなんか語れねーし、語ったところでうそっぽいし、だから、誓えとか言われてもなんか違う気がするけど……」

　そこで言葉を切って、真広は自分の胸の想いを確かめる。

「こーゆーのは、フィーリングの問題だから。あ、これだ、って感じたら、けっこうそれは本物じゃないかと……思う」

「やれやれ、『気がする』とか『けど』とか『思う』とか、はっきりしないヤツだ」

　フリードリヒは、ほとほと呆れたように言い捨てて、足元の絨毯と睨めっこするように、長いため息を落とす。一瞬のち、背後にひかえるＳＰが手にしていた、金銀象嵌も美しい剣の柄に手をかけたと思うと、一気にすらりと引き抜いた。

「な、なにっ……!?」

　ぎょっと身を引いた真広に、剣先を向けてくる。

　さしものレオンハルトもこれには驚愕の色を隠せず、真広をかばうように両手を広げて、フリードリヒとのあいだに立ち塞がった。

「お待ちください！　殿下、お手討ちになるなら、私だけを……！」

「バカ者。そんな小僧を斬っても刀の錆《さ》びにもならん。これは騎士の剣だ。妻ならともかく同性の伴侶となれば、ともに戦う剣が必要であろう」

「え？」

ほとんど同時に呟いて、真広とレオンハルトは何事かと顔を見合わせる。

抜き身の剣を目の前に掲げ、その輝きに見入りながらフリードリヒは、さきほどまでの冷淡さは明らかに芝居だったのだとわかる、穏やかな声で告げる。

「これを授けるためには、剣を持つ価値があるか確かめねばならん」

あえて真広を怒らせて、レオンハルトへの想いが真実のものかどうか確かめたのだろう。さすが最強のラスボス、やることがいちいち小面憎《こづらにく》い。

「将来を見すえることのできぬ能天気さは気に入らぬが、昨今の日本の小僧ならこの程度だろう。おまえの助けとなるには少々でなく心許ないが、いないよりマシというところか」

おまえ、と親しげに呼んで、レオンハルトに注がれる視線は、いまは優しさに満ちている。

「殿下……？」

「おまえはなにかと深刻になりすぎる。逆に、これくらいお軽い考えなしの男なら、いっしょに悩み込むこともあるまい。というか、『悩み』という単語を知っているようにも見えぬが。これに祝福を与えねばならんかと思うと、心底うんざりする」

散々な言いようで真広をこきおろしながら、フリードリヒは剣を鞘《さや》に収める。

「だが、シュヴァルツマイヤー家、千年の功労を思えば、おまえの願いはかなえねばなるまい。これからも、せいぜい働いてもらわねばならぬのでな」

「では、殿下……」

「ただし」

レオンハルトに向かって、鋭い眼光を向けて、フリードリヒは言い放った。

「いくらなんでも、その小僧のなりで刀礼の儀式を行うのは、祖先に対して非礼にすぎる。五分だけ待ってやる。せめて姿だけでも、ウォルフヴァルトの騎士にふさわしく整えよ」


キャンドルの灯《あか》りだけが揺れる荘厳な雰囲気の中、誓いの儀式ははじまった。

正装で決めた真広とレオンハルトは、剣を手にしたフリードリヒの前に膝を折って、頭《こうべ》を垂れている。

「おまえ、名はなんといったか？」

「真広……、宇奈月真広です」

フリードリヒの問いに答えた自分の声が、わずかに震えている。

オンラインゲームの中でも、王が臣下を騎士に叙する儀式がある。画面の中で動く自分のキャラクターが叙任されるのを見ていても、これで一気にレベルが上がるくらいの喜びしかなかったが、さすがに我が身でそれを体験するとなれば、緊張感ははんぱではない。

「真広か。まあ、一応それらしくなったな」

いま真広が着ているのは、レオンハルトの軍服と対《つい》をなすような、白い儀礼用の立襟燕尾服。ジャストサイズのそれは、寝室のクロゼットに箱入りのまま大事そうにしまわれていたもので、以前この部屋にいた誰かのものではなく、真広のためにあつらえた一品だと、袖を通したとたんにわかった。

ウエディングドレスは無理でも、せめてウォルフヴァルトの礼服ならばと、真広がうなずいてくれるのを待ちながら、レオンハルトが密かに準備していたもの。

よもや王子自ら祝福を授けてくれると思ってもいなかったから、せめて二人だけで誓いを立てることができればと、望んでいたことの証。

そんなレオンハルトの気持ちも知らず、本当に勝手なことばかり言ってきた。

隣をチラと窺えば、周囲が薄暗いせいか、いつにもまして鮮烈な煌《きら》めきを放つ男がいる。

「レオンハルト・グラーフ・フォン・シュヴァルツマイヤー。並びに伴侶である、宇奈月真広。これより祖国、ウォルフヴァルト大公国への忠誠の儀を執《と》り行う」

フリードリヒの声音が、祖国を模した部屋に、粛々《しゅくしゅく》と響いていく。

「宇奈月真広、シュヴァルツマイヤー伯爵の伴侶たる証に、主と聖ゲオルクとグスタフ大公の名において、我、なんじを騎士とす。まさに騎士になろうとする者、真理を守るべし。すべての祈りかつ働く人々、すべてを守護すべし。勇ましく、礼儀正しく、忠誠であれ。弱者には常に優しく、強者には常に勇ましくあれ」

そこまで告げると、フリードリヒは手にしていた剣を優雅に差し出し、刀身の峰《みね》で真広の肩を三度、軽く叩いた。

「ウォルフヴァルト大公国の民を守る盾となる証に、剣先に口づけよ」

真広は命じられるままに、剣をとる。本物と思えば、鋭い切っ先に触れることすら、なにやら恐ろしい。それでもたどたどしく、剣先に口づける。

「両名とも、暗闇《ドゥンケル》の一族として生涯をウォルフヴァルト大公国に捧げよ。我、フリードリヒ・ヘルツォーク・フォン・ヴァイスエーデルシュタインが、許す」

叙任の言葉を終えると、フリードリヒは持っていた剣を鞘に収め、真広に差し出してくる。

「誓いを立てよ。そなたの言葉でよい」

「あー、はい。あ、ありがたくいただきます。できるかぎり、レオンハルトの力になれるように、頑張ることを誓います。いつもレオンハルトが笑っていられるように」

はなはだしく怪しげな誓いで、怪しげな敬語だったが、隣を流し見れば、レオンハルトは満足げに笑んでいる。

仰々しい言葉が必要なのではない。心があればいい。

胸に決意を秘めて、真広は自分に与えられた剣を受けとった。

たとえ一生、抜くことはなかろうと、レオンハルトとともに歩むとの誓いの証の宝剣を。

5

緊張感に満ちた儀式を終えて、これで名実ともに夫婦となった真広とレオンハルトは、いまさらながらの初夜に向けて、身体を清めるためにバスルームにいた。

いつもはレオンハルトにまかせっぱなしだったが、いまは二人で互いの服を脱がしあう。

バスルームの脱衣所とはいえVIP使用だから、床は絨毯張りだし、巨大な姿見もある。そこに映る自分の表情には、いまはすっかり素直になった喜びが溢れている。

「なんか勲章《くんしょう》がいっぱいだな。これが全部、あんたがやってきたことの証なんだよな。やっぱすげーじゃん」

軍服を飾る勲章《オーデン》や褒章《メダイユ》や十字章《クロイツ》は、レオンハルトの功労の印——それを真広はひとつひとつ丁寧に外していく。

対して、真広の礼服には勲章らしきものはたったひとつ。どんな意味のあるものなのか、レオンハルトは感慨深げに撫でながら、呟いた。

「これは私の伴侶の証。シュヴァルツマイヤー伯爵夫人が身につけるもの」

「へえ？　そーだったんだ」

明確な女あつかいの言葉を聞いても、もう真広は拗ねたりしない。

それを意訳できる日本語が『伯爵夫人』しかないというだけのことで、ともに生きる相手が身につけることを許されるものなのだと、ようやくわかった。

まだひとつの功もあげていない真広に贈られたそれが、白布に誇らしげに輝いている。

「あんたさ、もっとちゃんと説明しろよな。神様とか身内とか関係なく、国に対する忠誠の誓いなんだって。そうすりゃ俺だって、もう少し考えたのに」

「そうかな？　言ったところで、理解できたとは思えないが。殿下の口から聞かされたからこそ、どれほど重要なことか気づいたのだろう？」

「ま、確かに……。あのパツキンロンゲモノホン王子の迫力は、はんぱじゃないけどさ」

「夢のようだ。きみといっしょに殿下の祝福を受けられるとは」

「ふふーん、嬉しそうじゃん」

「これほどの光栄……私は一生ぶんの幸運を、今宵《こよい》、使い果たしたようだ」

本気でそう思っているのだろう。

喜びの中にも、もうこれ以上の幸せは訪れないとの達観があるように見える。こうやって、レオンハルトは、いつもどこかで自分を否定している。

「あいつ、いちいち偉そうなところはヤだけど、言ってることは筋が通ってんじゃん。あんた、自分を卑下《ひげ》しすぎ。自分は国のために尽くしてきたんだ、ってもっと威張れよ」

「だから、それを他人には言うことはできないから」

「だったら、言わなくていいから、胸を張れ。心の中で、自分はすっげーんだって思ってろよな。モノホン王子の祝福を受けられる人って、そう多くはないんだろ?」

「そう。昨年、ヴァイスクロイツェン家の式に参列したと聞いたが、あそこは大公家よりも伝統のある大貴族だから、特別だし」

「だろう。あんた、ちゃんと認められてんだよ——って、それにしても、なんかずいぶんゴチャゴチャとついてるな」

レオンハルトは、いつも軍服の脱ぎ着は自分でやっていた。それを手伝ったこともなかったのだと、こうして脱がせあって初めて気がついた。

女あつかいされるのはいやだとか言いながら、至れり尽くせりの献身だけは当然のように甘受《かんじゅ》していたのだと、恋人としての心遣いのなさを思い知る。

(俺も、もう少し、優しくしてやんねーとな。なんたって伯爵夫人だから)

少しは心を入れ替えなければと、肩章から垂れている何重もの金モールの飾り紐《レニャード》を、どこがどうなってんだ? と思いながら丁寧に外していく。

だが、帯剣をとり、ベルトを緩め、金ボタンととっくみあっていくあたりで、徐々に苛立ちがつのってきたのか、手つきがおおざっぱになってくる。

ようやく上着を脱がしても、まだきっちりボタンのかかったワイシャツがある。

夏だというのに、この隙ひとつない装いはどうだろう。

いくら正装だとはいえ、これがデフォルトだと思うと、うんざり感はいやましていく。

「だぁーっ！　この服めんどいぃ！　二度と着ねーぞ、俺は！」

真広は辛抱ならんとばかりにお手上げして、情けない怒声をあげたのだ。

ホテル自慢の英国庭園《イングリッシュガーデン》にいまを盛りと咲き誇る薔薇《ばら》を、惜しげもなく摘《つ》んで、円形のバスタブいっぱいに散らした中、真広はレオンハルトの下肢に乗り上がる形で、どくどくと高鳴る胸を合わせて抱きあっている。

もう二度と辛抱などしないと、夫としての尊大さに目覚めた男は、着替えひとつで音《ね》をあげる新妻への最初のお仕置きとばかりに、真広の吐息を奪う。

互いの唇を食《は》んで、舌を絡ませて、唾液を吸って、重なる角度を何度も変えながら、ときに深く、ときについばむように、口づけを繰り返す。

求められるままに蜜を与え、その倍ほども注ぎ込まれて、口の周りをべたべたにしても、獅子を模した彫像から滔々《とうとう》と流れ落ちる湯が洗い流してくれる。絡まる舌が立てる淫靡《いんび》な音も、すべて紛らせてくれるから、遠慮なくすすりあうことができる。

バスタブに満ちた湯より、さらに熱を帯びた大きな両手は、真広の双丘をわしづかんで揉み立ている。器用な指先が、敏感な窄《すぼ》まりの周囲の柔肌を、くすぐりながらほぐしていく。

「ん、ああ……」

節の太い長い指が入り口を押し広げるように掻き回し、奥まで入ったかと思うと引いて、真広を焦らすように動くから、あさましく揺れる腰が止まらなくなる。

「きみを、こんな関係に引き込んでいいのか……何度も迷った」

指の動きと裏腹に、口づけの合間から、レオンハルトが戸惑いの言葉を漏らす。

「レオ?」

「私が手を離せば、よけいな苦労など知らぬ、当たり前に人生を生きられる。誓いを交わすのをいやがった以上、殿下には引きあわせられない。ならば、関係を絶つべきかとも思った」

「なんだよ、俺を捨てるつもりだったのか?」

ムッと拗ねて、真広は突き出した唇で、レオンハルトの鼻の頭にキスをする。

「そうではなく、いつか私が捨てられるのだろうと……。きっと、きみに飽きられるような本性をさらすことになると」

闇の存在である自分を、レオンハルトは誇りながら忌避《きひ》している。その任をまっとうすることへの矜持と、傍目には悪業としか映らないことへの卑下が、常に彼の中でせめぎあっている。

「きみは、美しかった……。私には眩しすぎるほど、清廉《せいれん》だった」

そんなレオンハルトから見れば、真広はあまりに普通の青年でありすぎた。

妹に対して禁忌の思慕を抱いていたとはいえ、それを胸のうちに秘めていられるくらいの節度も常識も、ちゃんと持ちあわせていた。

「俺、そんな特別なもんじゃないぜ。ふつーにイマドキの若者だけど」

「当たり前のものを当たり前に持っていることの価値が、きみにはわからないんですよ」

普通、とはこういうことをいうのだろう、と感慨深く思うほどに、本当に健全に育った二十歳の青年だった。

それこそが、レオンハルトにとって異質なもの。

周囲に溢れていながら、決して交わることのできないもの。

理解を求めようとすれば、手ひどい反発を受けるだろう存在だった。

「男同士での結婚や、ましてや一生をともにと誓いあうなど、常識外——そんなことはわかっていた。それを拒否するきみのほうが、まっとうな感覚なのだ。そしていつか、きみのそのまっとうさが、私が暗闇《ドゥンケル》の一族であることを拒絶するだろうと」

「だからー、そんなさきのことなんて、俺、わかんねーから」

「そう。私の独りよがりにすぎなかった。きみは闇の存在ですら、なにそれ？　と言い捨てられるほど、本当にこだわりがなかった」

「こだわってないわけじゃないけどさ。でも、あんたがそのままでいたいってんなら、やめさせる権利はないじゃん」

レオンハルトにお説教できるほど、真広はお偉い人間ではない。

真白が保育士を目指しているように、節がオタク街道をまっしぐらに進んでいるように、レオンハルトにもこれと決めた生きざまがあるなら、誰がそれを止められるだろう。

ましてや真広は、まだ少しも自分の将来について定かな形を描いていないのだから、目的を持つ者を責める資格などあるはずもない。

「あんまり悪いことをしたら、叱るかもしんないけど……そうなってみないとわかんねーし」

だが、それを理由に、レオンハルトを忌み嫌うことだけはないような気がする。

あくまで気がする程度の感覚で、これまた保証のかぎりではないのだが。

それでも真広の目に映るレオンハルトの姿が常に光輝に輝いているかぎり、この気持ちが変わることはないだろう。

「俺、一度好きになった相手を嫌ったこと、ねーからさ」

「ええ。街で擦れ違った元カノとも、和気藹々《あいあい》と話してましたね。でも、これからは、私の前で、ああいうまねをするのはやめてください。嫉妬でどうにかなりそうだった」

「だって、ただの友達だぜ」

「私は心が狭いもので。恋人だった相手との関係を認める気は、豆粒ほどもありません」

しだいに大胆になっていく指の動きも、らしくもなく急いた気持ちを伝えてくる。

「ここで手放せるくらいなら、最初から抱きはしなかった」

常にどこか飄然《ひょうぜん》としていた男の余裕を剝《は》がしたその奥には、嫉妬や、焦燥《しょうそう》や、動揺や、悔恨《かいこん》や、様々な思いがあったのだ。

「ま、独占されるってのも、悪くはねーな」

告白のあいだも、真広の後孔を弄る動作は止まらない。すでに三本に増えて、感じやすい粘膜を的確に擦り、引っ掻き、奥深く突き刺さったかと思うと、入り口まで引いて襞を押し開き、着々と今夜への準備を進めている。だが、それが真広には物足りない。

「……にしても、いつまで弄ってんの？」

「初めての夫婦の夜だから、これは清めの儀式です。お互い色々ときれいにしないと」

どうやらバスルームでは、身体を洗うだけで終わりのようだ。すでに何度も関係しているのに、初夜のベッドインとなると、なにやら特別なような気がしてくる。

「でも、指では奥までは届きませんね。きみはうんと奥を突かれるのが好きだから、やはりこれを使うしかないですか」

これ、と表現してうつむいたレオンハルトに倣って視線を下げれば、薔薇の花に埋まった湯の中で、見事に勃ち上がって揺れているものが目に入る。真広の性器と触れあって、戯れているようだ。ただし大きさにはかなりの差があって、それが男としてちょっとばかり悔しくもある。

「それで……俺の中を洗うの？」

いつもあんなに太くて長いものを咥《くわ》え込んでいるのかと、不思議な気がしてくる。

「ええ、こうして……」

軽く抱え上げられただけで、浮力で浮きあがった真広の臀部《でんぶ》に、みっしりと強張ったものが当たる。その逞しさは散々に味わってきたはずなのに、今夜はなんだかいつもと違う。

「あ……？　入ってくる……」

湯をまとっているせいだろうか、挿入のさいの異物感が薄い。じわじわと押し入ってくるそれは、まだ清めの段階にもかかわらず、真広の中を隙間ひとつないほど埋めつくしていく。

強く抉《えぐ》られるような感覚を、柔らかくとろけた内壁がいつも以上に敏感に受け止めて、深淵《しんえん》から湧き上がってくる恐怖と紙一重の快感に、真広は喉をのけ反らせて喘ぐ。

「え、ああ……？　う、うそ、なんか……いつもより、……ッ……ああっ――……！」

大きいような、と問う前に、声は乱れた嬌声にとって代わられてしまう。

「ええ。いつもより興奮してるので。それに、ここが……キツイほど締めつけてくる……！」

興奮しているのは自分のせいだけではない。真広の身体が誘うのだと、強く巻きついてくる粘膜を振りほどくような勢いで、レオンハルトが腰を回す。

「や、ああっ！　だ、ダメ！　そんな強いっ……！」

いきなりそんな激しさには耐えられないと、真広は目の前の男にとりすがり、自ら腰を上げようともがく。

だが、独占欲に目覚めた男が、そんなまねを許すはずがない。

力強い両手は、真広の双丘を痛いほどにわしづかんで、ぐんぐんと好き放題に上下させる。

突き上げのタイミングに合わせるように、勢いよく腰を落とされるたびに、情欲の形をくっきりと刻んだ熱塊をより深くまで呑み込まされて、真広は驚愕に目を瞠る。

自分の中は、もうすっかり暴かれてしまったものと思っていた。

だが、違った。まだこんなに奥があった。まだ未踏の場所があった。

そこへ向かって、溜め込んでいたエネルギーを一気に爆発させるように、遠慮なく打ち込んでくる男の証は、ただただ熱い。

「もう、すべて私のものだ……！」

月光を散らした青灰色の瞳は、いまは熱に浮かされたように潤んでいる。

「殿下が認めてくれた以上、すべて私のものだ……！　もう容赦することもない」

では、いままではあれでも、少しは手加減をしてくれていたらしい。それがわかったところで、いまさら『ダメ』とも『やめろ』とも言えないし、言ったところで、いったん牙を剝いた獣を制御する方法などあるわけがない。

「……ひ……、やあぁっ！　や、やめっ……あううぅ——……！」

乱暴な抽送《ちゅうそう》に身を裂かれそうな恐怖を覚えて、無駄だとわかっているみっともない懇願が、口を突いて飛び出していくのは、もうしかたがない。

だが、拒否の言葉は聞かないとばかりに、レオンハルトは真広の唇を悲鳴ごと奪う。

上下の口をぴったりと塞がれて、出口を失った凶暴な熱が、真広の中を満たしていく。

熱い、熱い……これが狼《ウォルフ》の民の熱さ。灼けるような官能は、お持ち帰りのぬるいセックス程度で満足していた真広の感覚を、根底から覆《くつがえ》していく。

もっと激しく、もっと強く、もっと熱く——これこそが本当の快感なのだと、やわな身体に叩き込むように送られてくる恋情に、目眩《めまい》がする。

「私の前で、二度と他の女と話をすることなど許さない……！」

この強欲。この執着。

捕らえた獲物は一ミリたりとも他の者には分け与えない。すべて食らいつくす。

常の飄然とした態度は、結局のところ擬態《ぎたい》でしかなかったのだ。

レオンハルトもまた、針葉樹の森に住まう凶悪な獣の一匹で、つがいの相手にと選んだ以上、とことん愛する、奪いとる、己《おの》がものにする。バスタブの湯が波立って溢れるほどに、激しく最奥を抉られるたびに、それを思い知らされる。

食われる……。骨の髄までしゃぶりつくされる。

「ここに触れていいのは、私だけ……。私だけを受け入れる、身体だ！」

甘ったるい恋愛遊戯などでは、もう満足できないような身体に仕込み直すように、打ちつけられるものは、さらに激しさを増していく。

「や、うんっ……！　な、中、おかしくなっちゃ……」

「まだまだ、これしきのこと。私の形をすっかり覚えるまで、やめませんよ」

「む、無理っ……」

「でも。安心しなさい。これは清めだから中出しはしません。それはベッドでゆっくりと」

ひときわ鋭く奥を抉られて、今宵、最初の絶頂に身悶えた真広の中で、言葉どおりにレオンハルトは、ただの一滴も漏らさなかった。

そのぶん、猛ったままの性器が、ベッドの中でどんな獰猛《どうもう》さを見せるのか、想像するだに恐ろしくて、真広は官能だけでない戦慄きに肌を震わせたのだ。

——とんでもない男に捕まってしまった、と思ったところで後の祭りだった。


「あ、はあぁ……、も、ダメぇ……ッ、あぁぁ——…！」

ベッドへと場所を移して、これで何度目の交合となるだろう。

バスルームで施された、しつこいほどの清めという名の前戯のおかげで、とろとろにとろけた内壁は、レオンハルトが放った体液でぐっしょりと濡れそぼち、緩急つけた律動に合わせて濡れた音を奏で続けている。

汗で乱れきったシーツの海の中、真広は獣の体位をとらされている。

喉からほとばしり出る嬌声は掠れきっているのに、背後から容赦のない突きを繰り返す男に、疲れの色は微塵もない。

砂漠をさすらう渇ききった旅人が、小さなオアシスの泉に身を浸して歓喜するように、その情欲はとどまるところを知らない。

「ああ、たまらない……。きみのここは、なんてすばらしいんだ……」

いくら褒められても、もう締める気力さえないのに、身体は限界を迎えてもなお、まだ欲しいとばかりに、与えられる快感を貪っている。

背後からぐんぐんと突き上げてくる男の激しさに、尻をわしづかむ大きな手の感触に、鼻孔をくすぐる男の匂いに、いつの間にかこんなに慣らされていた。

求められれば、否応なしに反応してしまう、従順な身体へと躾《しつ》けられていた。

感極まった恋人の精が、叩きつけるように最奥に放たれれば、ぬるつくその刺激だけで、再び真広も吐精のない絶頂を感じる。

女が感じる絶頂のように、だらだらと果てなく続くそれは、いつからか覚え知ったドライオーガズムだ。快感の深さに疲れはするが、射精しないぶんだけ体力はもつ。

とはいえ、さすがにもう限界だ。身体を支えているのさえつらくて、上半身はベッドに沈み、枕にしがみついているのがやっとのありさまだ。

なのに、レオンハルトは、まだ抜こうとしない。それ以前に、萎えてさえいない。

繋がったままの状態で、ぐったりした真広の身体を器用にひっくり返して、正常位へともっていく。何度もの吐精にもかかわらず、未だに張りきったままの先端が中でぐるりと半回転して、さらに真広を泣かせる。

「やぁっ……。マ、マジで、も、無理だってぇ……」

渇ききった口から絞り出す拒絶も、いつもの勢いはない。うっとりと落ちてくる男の唇が、甘い唾液を与えてくれるから、せめてそれで喉を潤し、一時の安らぎにする。

「せめて、抱きあった体位で、もう一度」

ぴしゃりと濡れた音を響かせながら、触れあうぎりぎりの距離で、レオンハルトはさらなるおねだりをしてくる。

「やだぁ。俺、壊れるから……って、バカァ、ああんっ、動くなぁ……！」

「いやだと言っているわりに、私が動きだしたとたん、中がきゅっと締まる」

笑い含みの揶揄《やゆ》を落とし、ついでとばかりに真広の肌を嘗め下って、乱打する鼓動に揺れる胸のさきで、あられもなく熟してつんと突き出した乳首を甘噛みする。

「……ッ……ああっ……！」

痛いほどの刺激が小さな粒から湧き上がって、肌をさざめかせ、ぶるっと内部までもを震撼させる。まるで全身が性感帯になったかのように、どこもかしこもやたらと感じやすくなっているのが、ひどく恥ずかしい。

だが、そんな真広の細やかな反応のひとつひとつが、レオンハルトにとっては喜びなのだ。

「ああ……、真広、このままずっと繋がっていたい……」

こんなに何度も交わって、もうすべてがレオンハルトのものなのに、真広を抱き締める腕には力強さだけではない執着が宿っている。

少しでも緩めれば、逃げてしまうのではないかと怯えているようなそれは、うっとりと潤む瞳にも、わずかな陰りを落としている。

手に入れたら入れたで、失うことを恐れて真広を貫く男の渇望が癒える日が、いつかくるといいのにと、いまはただ強く抱き返す。

（バカだなぁ……。行っちゃうとしたら、レオのほうなのに……）

思いながら、背に回した両手で、逞しく隆起した肩甲骨《けんこうこつ》に触れる。

ふと、暗黒帝アーベントは、空を飛ぶときに背に黒い翼を生やすことを思い出す。いま真広が触れている皮膚の下にも、まだ見ぬ闇の翼が隠されているのかもしれない。

都会の夜に暗躍する者の、眉をひそめるような残酷さが、この男のうちには潜んでいるのかもしれないけれど、それでもレオンハルトは、自分の運命から逃げずに進んでいくと決めている。

罪だと知りながら自らの手を汚し、ときには心惑って、ときには快楽すら覚えて、真の闇に呑まれそうになることもあるだろう。

「レオ……俺も、ずっといっしょに……。あっ、ああっ……」

いつかこの男は、使命のままに独りで行ってしまうのではないかとの予感を覚えて、真広は知らぬ間に、その背に強く爪を立てていた。絡みついた両脚は、どこにそんな力が残っていたのか、もっと深く繋がるために逞しい男の腰にしがみついていく。

くっ、と喉奥で唸った男が、お返しとばかりに真広の身体を二つ折りにする勢いで伸しかかってきて、いちだんと激しい突き上げで、淫らな音を立て続ける粘膜を容赦なく攪拌《かくはん》する。

「ああ、私の真広……、私の光《リヒト》……」

行為の最中、レオンハルトは口癖のように、そう言って求める。

ちっぽけでも、自分を導く一条の光さえあれば、迷わずに戻ってこられるとすがるように。

「ん、あっ……。俺、ここにいる……。レオ、ずっといるから……」

真広にだって、飛んでいきそうな男を、大声で呼びとめてやることくらいできる。

なにかを見失いそうになったら、引っぱたいて目を覚まさせてやることくらいはできる。

青臭い正義漢を振りかざせるのが、この平和な国に生まれて、罪を犯さずに生きてきた若者の特権だから、いくらでも見せつけて引き止めてやる。

「俺が……、抱き締めて、やるから、……ッ……あぁぁ……！」

真広の声に誘われたのか、身のうちに呑み込んだものの脈動が、どくんと大きくぶれて、一気に絶頂へ向かって高まっていく。うねり悶えていた内部もまた、これが最後とばかりに、甘露《かんろ》のごとき官能を、淫らなばかりの蠕動でもって貪っている。

打ちつける者と、受け止める者、双方が同じほどの熱を撒き散らしながら上り詰めたさきで、同じほどにたっぷりとほとばしらせた、精もまた熱い。

小さく呻きながら真広の胸に倒れ込んできた男も、どうやら少しは満足がいったのか、痙攣《けいれん》し続ける交合部から粘着質な音といっしょに湧き上がる余韻を、うっとりと味わっている。

触れあう肌のしなやかな感触を楽しみながら、逞しい肩に、広い胸板に、太い首筋に、真広は好きなようにしがみつき、唇を押し当てる。

そのすべてが自分のものだという印を、強く吸って、残していく。

決して消えないように、繰り返し残して、そして永遠にレオンハルトを束縛する。

自分の考えに悦に入ってほくそ笑む真広は、それ以上に強欲な所有の証を全身に散らされていることに、まだ気づいていなかった。


「あー、腰、怠ぃぃぃ……」

不機嫌丸出しの掠れ声が、朝陽の中をのろのろと這いずっていく。

「ようやくお目覚めかな。ブランチをどうぞ」

自らトレイを持ってきた男が、嬉しそうにベッドの端に腰掛けて、目覚めのキスを真広の額に送ってくる。そのご尊顔を思いっきり殴ってやりたい衝動に駆られるが、残念ながら今朝の真広に、そんな過激な行動はとれそうもない。

「ブランチだぁ？　どーやって食えって？　ケツ痛すぎで、仰向けにさえなれねーってのに」

「ああ、そうか。昨夜、ちょっと深く愛しあいすぎたかな」

「ちょっと？　あれがちょっと？　よくもまあ遠慮もなくズコズコと……あっ、いてぇぇ……」

「かわいそうに。では、私が食べさせてあげよう。はい、あーんして」

おままごとでもしているのりで、レオンハルトはうきうきと、シリアルをすくったスプーンを、真広の口元に運んでくる。いいように遊ばれているのが、悔しくてしかたない真広だが、昨夜の色欲の宴《うたげ》のおかげで腹はぺこぺこだ。

恨みの視線でレオンハルトを睨《ね》め上げながらも、スプーンにかぶりつく。

とにかく食べる。力をつける。身体を鍛える。いつか筋骨隆々《きんこつりゅうりゅう》なマッチョになって、この腰の鈍痛を味わわせてやるぞ、と復讐に燃えるのだ。

「そのうち思い知らせてやるからな。俺だって男だ。やられっぱなしでいるもんか！」

「はいはい。せいぜい頑張ってください。でも、絵的には私が抱くほうが美しいと思いますよ。ほら、同人誌でも暗黒帝アーベント攻、炎天使フレア受だったでしょう」

「だぁぁぁー！　その顔して、攻とか受とかゆーなっ！　イメージ丸潰れだって」

「外見と内面のギャップが私の魅力ですから。はい、もう一口」

ベッドに伏して、差し出されたシリアルを、ひたすらバリバリと食らう真広を見ながら、レオンハルトは微苦笑を浮かべて、謝罪する。

「確かに、昨夜はちょっとやりすぎましたね。でも、ひとつ、いいことに気づきました」

「んー、なに？」

「もしもきみが私から逃げようとしたら、そのときには、ベッドに繋いで犯《や》り潰してやればいいんだと。こんなに簡単に、きみを捕らえておくことができるのだから」

「へ……？」

「これでもう、きみを失う不安に怯える必要はない」

ぬけぬけとそんなことを抜かす男が、心底から憎らしく思えてきて、真広は動けないぶんだけひたすら叫びまくる。

「絶対、絶対、いつか俺が抱いてやるぅ！」

そんな可愛い新妻の、どれだけ鍛えようともこれ以上は逞しくなれそうもない細腰を、レオンハルトはそれはそれは楽しそうに、ブランケットの上から撫でさすったのだ。


――おわり――

職務に忠実な男達
KAI TSURUGI × YOU ASAGIRI
剣解 原作/あさぎり夕
よれ〜〜
ああ きみか
わっ⁉
どうしたんです よれよれで…
どうしたも こうしたも 君んとこの〆切だろう
八百枚だぞ…
そうですけど 前にずいぶん無茶した時でも そんなぼろぼろには
ふぁあ〜
あれは 寝てる間に 桂《かつら》が髭《ひげ》を剃《そ》って くれてたんだ
今回は三日三晩 貫徹《かんてつ》だったから
あ俺 髭剃ります
面白がってるな

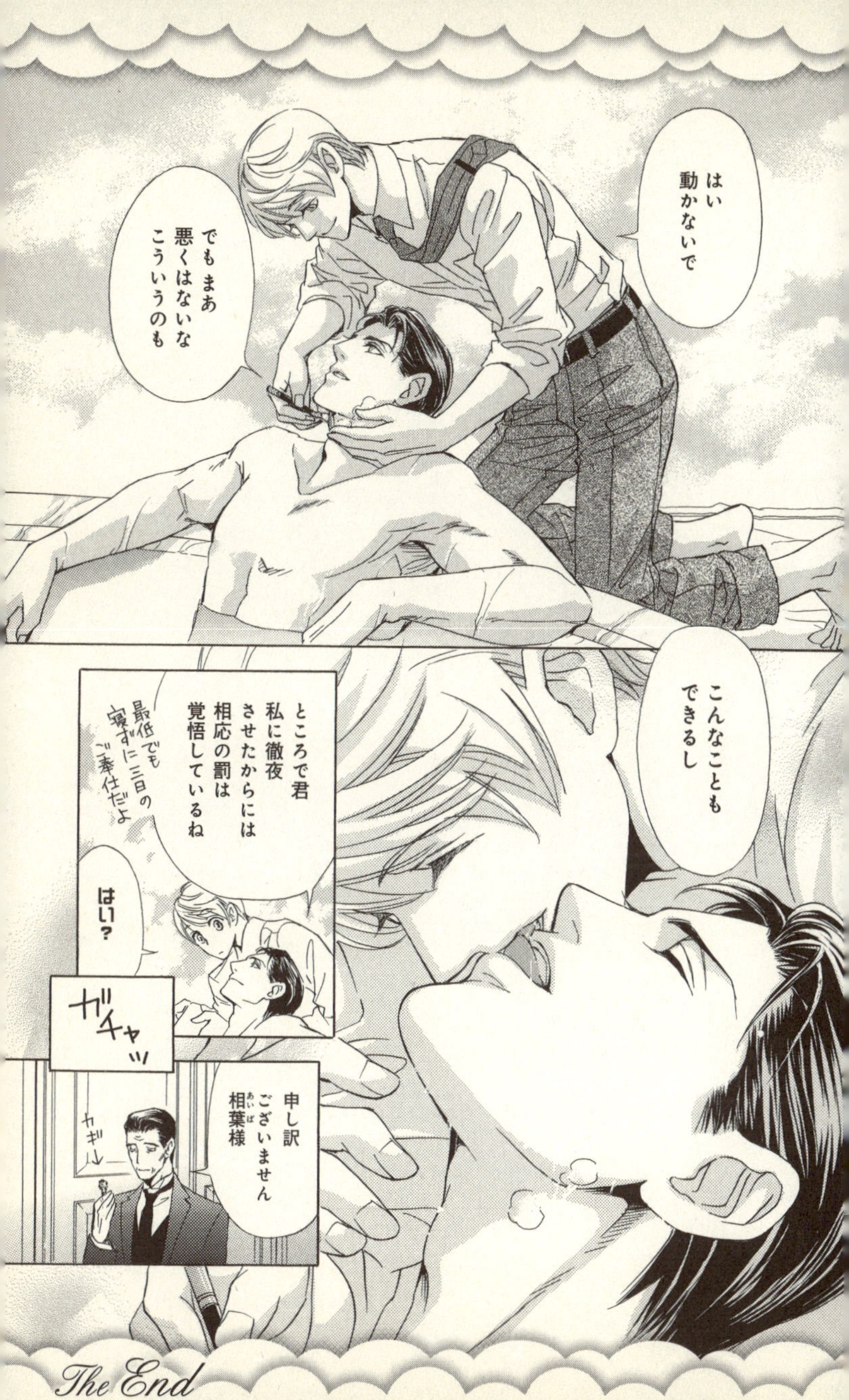

はい 動かないで
でもまあ 悪くはないな こういうのも
こんなことも できるし
ところで君 私に徹夜 させたからには 相応の罰は 覚悟しているね
最低でも 寝ずに三日の ご奉仕だよ
はい？
ガチャッ
申し訳 ございません 相葉《あいば》様
カギ↓
The End

趣味に生きる男達

相葉卓斗《あいばたくと》が『コスモ書房』に勤めて、一年がたとうとしている。

ベストセラー連発の人気ミステリー作家――卓斗にとってはあこがれの作家でもある、八神《やがみ》響《きょう》の担当となったのも青天の霹靂《へきれき》だったが。よもや、秘密の恋人として、互いに求めるままに逢瀬《おうせ》を繰り返す関係になろうとは。

なんともはや、激動の一年だった。

それは卓斗だけでなく、響にも多大な影響をおよぼした。

恋を知ることで、過去のトラウマに起因する人間不信を乗り越えた響は、卓斗と組んでの初作品『青《あお》の静寂《せいじゃく》』で、ミステリーでの受賞は難しいと囁かれていた文学賞の栄冠に輝いたのだ。

それから二カ月、完成したばかりの新作のタイトルは『海《うみ》の鼓動《こどう》』。

来月末には四六判ハードカバーで店頭に並ぶ。その第一章はすでに雑誌掲載された『恋火《れんか》』という中編なのだが、それが発表されたときの反響のすさまじさたるや、『青の静寂』の比ではなかった。

トリックを駆使した猟奇殺人を得意とする八神響が、一転、恋人達の心模様を主眼とした話を書いたのだから。三十歳にして新境地を切り開いたと絶賛する者あり、ぬるくなったと嘆く者あり、評論家のみならずミステリーマニアのあいだにも、侃々諤々《かんかんがくがく》の論争を巻きおこした。

だが、そんな巷《ちまた》の騒ぎも、鉄壁のガードを誇るシークレットフロアの中にまで届くことはなく、響は一心不乱に創作に励み、八百枚にならんとする長編を脱稿したのだ。

締め切りを守るのがモットーの男とはいえ、ラストスパートの三日三晩の徹夜はこたえたのか、卓斗を抱き枕にして、一昼夜に渡って眠り続けている。

ときおりシークレットフロア付きの執事である桂《かつら》が、食事を運んでくるのだが、それすら寝ぼけ半分のまま、卓斗が口に運んでやったスプーンからとるというありさまだ。

(なんか、無抵抗の先生って、新鮮。甘えちゃってるのかな)

本来なら編集部に戻って、校正にとりかからねばならないところだが、それは先輩編集であり、響とは大学時代からの腐れ縁でもある、多聞偉久馬《たもんいくま》が引き受けてくれた。

いちばんに原稿に目を通したかったのだが、いまは大先生の介抱こそが使命と、ひたすら職務に徹する卓斗だった。

もちろん、恋人として、響を心配する気持ちのほうが、遙かに勝るのではあるが。

(こんなに寝顔を見たこと、あったっけ?)

卓斗自身は、実に健康的なタイプだ。寝つきはいいし、朝は空腹に負けて、さっさとベッドを出てしまう。

それに比べて、夜型なのかも昼型なのかもわからないほど仕事漬けで、さらにあまり眠りが深くないらしい響は、卓斗から見れば、いったいいつ寝ているの？　状態なのだ。

そんなわけで、昼日中からこうして響の端整な寝顔を見続けていられるのが、不思議でもあり、嬉しくもあるのだ。

目をつむってるとけっこう可愛いなとか、乱れ髪も似合うなとか、寝言は意味不明だなとか、新しい発見があるのが楽しい。

反面、眠りに囚《とら》われている響が、自分をかまってくれないことが、少しだけ寂しい。

まったく、人間というのは欲深な生きものだ。

担当になれた当時は、それだけで驚き、夢中だったのに。

一度、恋の甘さを知ってしまえば、もっと欲しくなる。

身体だけでなく、心まですべて。

「早く目を覚ましてね、先生」

卓斗は眠れる王子様の唇に、触れるだけの口づけを送る。そのまま響の寝息に誘われるように、自分もとろとろと眠りに入っていってしまった。

——それからどれだけたっただろう。

肌が火照《ほて》るような、身のうちが震えるような、奇妙な感覚に襲われて、卓斗は半ば強制的に目覚めさせられた。

（あれ……？　な、なに、これっ……!?）

文筆家らしからず、意外なほど逞《たくま》しい響の腕に背後から抱き締められた身体が、ずくずくと疼《うず》いている。双丘の狭間に、覚え知った苛烈《かれつ》な熱塊《ねっかい》の存在を感じる。

「おはよう、お寝坊さん」

耳朶《じだ》に感じるねろりとした舌の感触とともに、背後から聞こえる凶悪な声音は、むろん愛する響のものだが。

「え？　あっ、あ……？　せ、先生、なにを……!?」

これは絶対にはめられている。わずかに身じろいだだけで、感じやすい内部の粘膜がひくついて、知らぬ間に息が上がっていく。

「目が覚めたら、きみの可愛いお尻が私を誘っていたんでね。つい挿《い》れてしまったんだ」

「うそ……。俺、ちゃんと服を着て……」

「なにを着てようと、私の目は誤魔化《ごまか》せない。きみの欲望は丸見えだったよ」

響には、音を聞くと色が見える、『色調《しきちょう》』という特殊な力がある。

それはどうやら、卓斗の喘ぎ声を黄金《きん》色の焔《ほむら》として捉えるらしいのだが、ただの寝言やいびきがなやましい色に見えるとはとうてい思えない。

「そ、そんなはず、ない……。俺、なんか食べてる夢、見てたのにぃ……」

「ああ。美味しい美味しい、って寝言を言ってたね。夢の中で、私の性器をしゃぶってたんじゃないか？　とはいえ、眠っていては口淫は不可能。だから下の口に入れてあげたんだよ」

「そ、そんな……。違うって、俺っ……。ん、ああっ――――…！」

いくら否定しようが、いったんその気になった響を止める力など、卓斗にはない。

「優しいだろう、私は」

囁きながらも、前後に揺れる腰は止まらない。

「もうバカぁ……。ど、どこが、優しいって？」

それにしても、パジャマを脱がされて挿入されるまで気がつかないとは、いくら寝つきがいいといっても、無防備すぎる。

「ああっ、ダメ……動いちゃ……。こ、こんなことより、まず食事を……」

「大丈夫。それはもうすませたよ。白河夜船《しらかわよふね》のきみを観賞しながら、ゆっくりとね」

「……マジ……？」

背後から貫かれた不自然な体勢のまま、顔だけであたりを探れば、クラシカルなバタフライワゴンが目の端に入る。

空の食器などから判断するに、オートミールやリゾットといった胃に優しい類のものではなく、ヨークシャープディング添えのローストビーフをメインにした、英国風ディナーだったようだ。

睡眠中だった卓斗は、その匂いに刺激されて、食事の夢を見たのだろう。

（ああっ！　た、食べそこなったぁー！）

ではなくて――つまり響は、ぐっすり寝て、しっかり食べて、常の体力を取り戻したということだ。性欲のおまけまでつけて。

「さあ、覚悟はいいね。これから三日、たっぷりご奉仕してもらうよ。仕事でご無沙汰だったぶんまでも」

「み、三日って？　徹夜ぶんってこと？」

「おや、おとぼけかい？　バスルームで髭《ひげ》を剃ってもらったときに、言ったはずだ。私に徹夜させたからには、最低でも三日のご奉仕だと」

「ああ……、そういえば……」

あのときは、お初の髭剃りが楽しくて、ご奉仕云々《うんぬん》の話など、右の耳から左の耳へと抜けてしまったが。確かに脅しめいたことを言われたような記憶はある。

「だいたい、最後に抱きあったのは、いつだと思っているんだ」

「あ……」

最後といえば、もう一週間以上も前のことになる。それも仕事の隙間を縫ってという、恋人達にとってはとても満足できるものではなかった。

紳士然とした風貌にもかかわらず、卓斗を前にすると性欲魔神に変身する響にしては、ずいぶんな辛抱だっただろう。

だが、担当として、締め切りが目前に迫っている以上、恋人の情に流されてはいけない。無事に原稿があがったら、たっぷりとお相手をしてあげるから、一刻も早く仕上げましょう――などとのちのちの楽しみをちらつかせつつ、ひたすらパソコンに向かわせたのだ。

だから、この展開にも、文句の言いようもないのだが。

「いま疲れをとらないと、次の仕事に支障が出る。『コスモ』さんの原稿があがったのはいいが、またぞろ他を落としたりしたら、作家としての信用に関わるだろう。まあ、私はそれでもかまわないんだ」

「い、いいえ！　それは俺が困ります！　他社のもちゃんとあげていただかないと」

一日でも響が執筆を休めば、ロビーで待機している他社の編集達に迷惑がかかる。ひいては、響の作品を待っている読者を失望させることになる。それだけはしてはならない――卓斗もまた熱烈な八神響のファンなのだから。

「では、疲労回復のためにも、やることをやらねば」

「あ、んっ……。で、でも、これ、よけいに疲れるんじゃ……」

「きみだって、男の生理ぐらいはわかるだろう。疲れるとむしろ射精したくなるのは、男の本能だよ」

「はあ……？」

いや、俺はそんなことないから。たっぷり寝て、たらふく食うのが、疲労回復のいちばんの早道――などというまっとうな理屈は、健全な精神と肉体の持ち主の卓斗だからこそで。

ひたすら曲がりくねった性癖の響に、通じるはずもない。

しばらくは留めおかれる覚悟をしたほうがよさそうだと、じわじわと質量を増していくものの脈動の誘いで、自らもまた徐々に覚え知った陶酔《とうすい》の中へととろけていきながら、思う。

とはいえ、卓斗の仕事は終わったわけではない。いくら頼りになる多聞にあとをまかせたとはいえ、せめて再校には目を通さねば、担当としての名折《なお》れ。責任放棄である。

「で、でも、俺、編集部に仕事が……」

残っているのに、とさえ続けられないほどに、すでに肌は愉悦に汗ばみ、内部はさらなる刺激を欲して、じくじくと疼いている。

「再校が出るまで数日はかかるはずだ。いまのきみの役目は、私を満足させること。むろん編集としてではなく、恋人としてね」

ねろりと卓斗の耳朶を食《は》みながら、響は甘やかな声音で宣言すると、約束のご褒美を味わうために、遠慮のない抽送《ちゅうそう》を開始したのだ。


それから三日目の朝のこと。シークレットフロアの一角——響が占有する部屋の前をうろつく男がいた。『グランドオーシャンシップ東京』のオーナーで、響の兄、白波瀬鷹《しらはせたか》である。

「なにをしていらっしゃるんですか？　オーナー」

背後からの呼びかけに、鷹は、あははー、と誤魔化しの笑みで振り返る。

「ああ、桂か。このところ響の姿を見ないが、まだ仕事中なのか？」

三十三歳にもなる大の男がこそこそと、言い訳じみた問いかけをする。

「お仕事でしたら、四日前に終わられましたが」

「おっ、そうか。じゃあ、久しぶりにいっしょに食事でも」

うきうきと寝室へ向かおうとした鷹の前に、失礼します、と桂が立ち塞がる。

燕尾服《えんびふく》姿で、腕にタオルをかけ、洗面用具を持つ所作には、主人命の執事の風格がそこはかとなく漂っている。

「どなたもお通ししてはならないと、八神様から申しつかっておりますので」

「いや、だが、私は兄だし、ここのオーナーだよ」

「オーナーならばこそ、ご自身の発言には責任を持たれたほうがよろしいかと」

国の大統領や首脳から、アラブの石油王、ハリウッド俳優まで、Mr.シークレットフロアの名にふさわしい超ＶＩＰがお忍びで宿泊するフロアではあるが、その誰よりも常に響を優先すべし、とは他でもないオーナーである鷹の命だった。

「きみ、職務に忠実なのはいいけど、私の命令を、私が翻《ひるがえ》せないのは、理不尽じゃないか？」

「常からオーナーが申しておられます。ホテルマンとしてもっとも優先すべきは、お客様への最高のサービスだと。中でも八神様は特別なお方。シークレットフロア付きの執事であることは、私の誇りですので、たとえオーナーであろうと八神様のお気持ちにそぐわぬ命には、従うわけにまいりません」

穏やかな笑みを浮かべながらも、決して信念を曲げない。桂こそ、シークレットフロアのバトラーサービスを、一生の仕事と決めている男なのだ。

なのだが……。

「きみ、響に仕えるのって、仕事じゃなくて、すでに趣味の域に入ってないか？」

いつも響との楽しい時間を邪魔される鷹は、恨みがましげな視線を桂に向ける。

「さて、八神様のためにこのフロアを造られたオーナーが、それをおっしゃいますか？」

「う……」

ブラコンを自認する鷹にとって、仕事より響が大事なのは、周知の事実。桂の言動をどうこう言える立場では、さらさらない。

「チェ！　せっかく久々に響とランチを楽しめると思ってたのに」

舌打ちひとつ、肩を落として去っていくオーナーから響と卓斗の時間を守り通した桂は、執事の誇りを口元に刻んで、悠然と微笑むのだった。


――おわり――

あとがき

いつもご愛読くださっている方も、初めましての方も、こんにちは、あさぎり夕です。

『お見合い結婚～Mr.シークレットフロア～』を、お手に取っていただいてありがとうございます。

ついに男同士のお見合いです。このシリーズは、毎回『グランドオーシャンシップ東京』で出会って、受攻どちらかが共感覚を持っているのがお約束なのですが。今回の主人公の宇奈月真広はたいした力もなく、これまでの受キャラの中で一番イマドキの若者のというか、ゲームオタクの友人とコスプレしてイベントに参加しちゃうようなノリの男です。一方お相手のレオンハルトは、ウォルフヴァルトの伯爵で、ちょっと陰のある役回りです。そんな二人のお見合いがどう進展していくか――異質な文化に触れた真広が、あたふたしながらもさほど深刻にならず、若者らしいお軽さと意地で押し切るあたりが、レオンハルトの救いになっているのかなと。

そしてネタバレになりますが――真打ち登場ということで、『炎の王子』のフリードリヒがその場を圧倒する存在感で登場いたします。これも水戸黄門的お約束ですが、大仰な展開好きの私にはたまらないシーンです。

さて、イラスト&マンガ担当の剣解さんには、いつも四ページのマンガを描き下ろしていただいているのですが、今回は小説内同人誌の『暗黒帝アーベント×炎天使フレア』のマンガということで、自分の作品のパロディーを作中でやってしまうというあたりが新企画です。長く続くとどうしてもマンネリになるので、あれこれ工夫はしているのですが、なんだかだんだん剣さんにお願いするのが恥ずかしい内容になってきたような……。

前回の連続刊行に懲りたので、今回のBBNは単発の発売になりますが。なんと、連動企画として六月十五日にドラマCD『Mr.シークレットフロア～小説家の戯れなひびき～』がジンジャーレコードさんから発売されることになりました。卓斗役は下野紘さん、八神響には子安武人さん、白波瀬鷹に安元洋貴さん、志摩役に千葉進歩さんと豪華キャストです。初回特典に声優さん方の和気藹々としたフリートークCDがつきますが、何かとても恥じらっていた子安さんが可愛かったです。色々と新たな展開を見せる『Mr.シークレットフロア』ですが、GOLD2013年12月号からは長めの連載も予定されているので、気を引き締めねば。

編集の皆様を始めてとして、マネージャー氏、デザイナーさん、印刷関係の方々、ドラマCD制作会社の皆様……と本当に色々な方のお世話になっています。今回は書店員の方々にオビにコメントまでいただいてしまって、本当にありがとうございました。マンガがシーズン4に突入ということで、しばらくは続きそうですが、これからもよろしくお願いいたします。

そして何より読者の皆様、いつも応援ありがとうございます。ご意見ご感想などお聞かせ願えれば嬉しいです。これからも『Mr.シークレットフロア』で楽しんで下さいね。

二〇一三年　風ぬるむ頃　あさぎり　夕

あとがき

From 剣解

初めましてこんにちは！剣解と申します。
このたびも 先生の楽しい作品にビジュアル参加でき、大変光栄かつ幸せです！ありがとうございます！ 読んで下さる皆さまのイメージのお手伝いができたらいいな！と思って描いています
見た目でも楽しんでいただけたらうれしいです。♥
今後ともぜひ皆さんとワクワク！作品に参加していけたらと思います！どうぞよろしくお願いします
今回は先生の18番のコスプレで気合い入りました！(笑)

レオンハルトさん
真広くんに
メロメロなところが
もうたまりません！

◆初出一覧◆

お見合い結婚 ~Mr.シークレットフロア~／小説b-Boy('12年11月号)掲載
恋愛結婚／かき下ろし
職務に忠実な男達 by 剣 解／アニメイトガールズフェスティバル2012リブレ限定本「Libre Premium 2012 PEARL PLATINUM」掲載
趣味に生きる男達／アニメイトガールズフェスティバル2012リブレ限定本「Libre Premium 2012 PEARL PLATINUM」掲載

ビーボーイノベルズをお買い上げ
いただきありがとうございます。
この本を読んでのご意見・ご感想
をお待ちしております。

〒162-0825 東京都新宿区神楽坂6-46
ローベル神楽坂ビル４階
リブレ出版㈱内 編集部

リブレ出版WEBサイトでアンケートを受け付けております。
サイトにアクセスし、TOPページの「アンケート」から該当アンケートを選択してください。
ご協力をお待ちしております。

リブレ出版WEBサイト　http://www.libre-pub.co.jp

お見合い結婚 ～Mr.シークレットフロア～

２０１３年６月２０日　第１刷発行
著　者――あさぎり夕

発行者――太田歳子
発行所――リブレ出版株式会社
〒１６２-０８２５　東京都新宿区神楽坂６-４６ローベル神楽坂ビル
営業　電話０３(３２３５)７４０５　FAX０３(３２３５)０３４２
編集　電話０３(３２３５)０３１７
印刷所――株式会社光邦

Printed in Japan
ISBN 978-4-7997-1334-1